石磊 著

亲爱的豫

壬寅冬月周颖题

海燕出版社
·郑州·

目录

第一章　亲爱的豫

之一　　　3
之二　　　7
之三　　　13
之四　　　19
之五　　　22
之六　　　27
之七　　　31
之八　　　37
之九　　　41
之十　　　44

第二章　豫深沉

之一　　　47
之二　　　51
之三　　　57
之四　　　65
之五　　　75

第三章 摊开地图，飞出了一条龙

之一	87
之二	89
之三	95
之四	101
之五	105
之六	113
之七	116
之八	121
之九	123
之十	127
之十一	129
之十二	131
之十三	133
之十四	139
之十五	145
之十六	149
之十七	153
之十八	165
之十九	167
之二十	173
之二十一	177

第一章 亲爱的豫

之一

九月的秋,于上海,仍是溽暑之余绪,一动一身细汗的闷闷不乐。理理心思,放灵魂一个假,晃去河南。为北方爽净的秋意、干燥的艳阳,以及力拔山兮的面食,亦为赴一趟深情的约。

我想我的前几世里,总有一世是匈奴,北地的吸引,于我,总是如此地致命,跟九成九的上海人,仿佛完全不同。

抵达郑州机场,是黑雨的夜,飞机严重延误,害老友于机场殷殷苦等。数年不见,老友一派盛年气象,比前些年更为焕发了。人到中年,某些人,是忽然并且迅速地凋萎了;另一些人,却是异峰突起,粲然活出又一局抖擞的青春来。这种事,darling,是真的有。究竟是老友,一句寒暄都不需要,直接就进入了人生主题。朋友果然是老的好。于雨夜的车内,亦匆匆亦缓缓地往城中行。

夜有点晚,直接就去了饮宴。小宴一共三人,除了老友与我,还有一位我的读者,从未见过面的郑州读者,连电话都不曾讲过一句的陌生人,只知道她的名字叫万安,在接下来的一个礼拜里,这位读者,要带我走一圈河南。奔赴河南之前,人人问我去河南做什么,仿佛一个上海女子,很少去河南的正当理由,答以上述事由，几乎被人人匪夷所思地笑死，哼哼哈哈哼哼，以下省略三百字。

步入饭馆，万安已然玉立在那里，黄澄澄的灯火下，人生初见，彼此凝神对望了千秒。是长身挺拔的女子，有北方的骨骼，一张格局大方的雪花脸，笑容柔软明媚，含着三分的拘谨。抱抱之后，小心翼翼问万安，我跟她想象的，是不是一样？万安张口结舌，一句也没说上来。一个礼拜之后，某个深夜里，对坐着吃茶，万安才跟我讲，我想象中的你，似乎更为华丽和雍容。听了深深点头，是的，万安读了我十年的字，这十年里，确实是从华丽雍容，过到了无印良品。读者心明眼亮，常常比我自己更明白自己。光是这一点，就不能不敬畏读者。

那一晚的小宴上，万安又甜又软，让我见识到一种跟南方女子十分不同的玲珑。当时并不知道，这种甜软，只此一回，下无分解。此后的一个礼拜里，这个女子再没甜软过，完全是枚凤凰超人，头角峥嵘得无人可及。

而我真是迷恋万安的雪花肌肤，灯光之下，尤其地美。人家谦谦道，因为是回族，所以比较白，伊母亲更白，母女可以差上好几个色级。白其实不稀奇，稀奇的，是白得润，那个就是北方特产了，比如杨贵妃，温泉水滑洗凝脂，侍儿扶起娇无力，从此君王不早朝，等等。

那一晚入到希尔顿的屋里，已是深夜，还是下楼去游了泳。希尔顿的无边泳池堪称佳美，一个人的夜泳，清静，悠长，灵魂安宁。一边缓缓游，一边默默复习刚刚吃过的豫菜，

黄河鲤鱼，酸辣广肚，独门烧鸡，凉拌荆芥，胡辣汤。豫菜我是极爱的，那种讲究，雄浑，丰盛，淋漓着中原的磅礴。一盘荆芥，尤其美，香气殊异，清爽与馥郁并举。

说几句豫菜。这辈子吃过的豫菜，最爱的，是鲤鱼焙面和酸辣广肚。鲤鱼焙面，称得上是中国饮食里完美的一样菜，色香味形件件出色，糖醋软熘的黄河大鲤鱼，铺一挂手工抻出来的细若发丝的面，真真玉堂春暖，比松鼠鳜鱼妩媚，比松鼠鳜鱼大气。酸辣广肚，做得好的馆子，鱼肚腴美丰厚，口味酸辣清凛，又聪明又好吃。鱼肚是无味之物，要做得有滋有味，还不厚腻，怪不容易的。还有一点打动人心的是，鱼肚这个东西，在南方菜里，大多给得不多，像苏州菜里的白十盘里来一点，总是略略点缀而已。而豫菜的酸辣广肚，一上来，必是丰盛满盘，没有其他噱头配菜，纯粹一盘鱼肚，那是真的过瘾。想想豫中是何等富饶之地，出产这种鲤鱼焙面、酸辣广肚。

豫中第一夜，便是如此了。

第一章 亲爱的豫

之二

这一日,万安上午要去开庭,等她忙完,带我去合记烩面的总店,吃郑州最厉害的羊肉烩面。赴河南之前,万安一再问我有什么想念的must do,当时细细思量着说了三个,一个是看点好东西,另一个是吃些面食和羊肉,三是教会我做包子和疙瘩汤。三个must do,灵与肉俱全,手和脚并用,忙是比较忙的。

合记烩面是老铺子,汤极浓郁浑厚,香辛料落得比较重,有一种古老的、坚持的、一成不变的滋味,饮一口,令人兴岁月的叹息。这个面,好像不适宜叫面条,因为很宽,如绵绵雪片,极滑,极韧,刚柔相济。后来那几天里,听过河南人批评上海的阳春面,那个简直不能吃。听了一点不生气,跟烩面比,阳春面确实不能吃,同意得不能再同意。一碗小份的面,端上来,几乎是一缸的规模,羊肉之外,还有各种配菜,最奇异,是还有红薯粉条,一碗之内,有面有粉,三心二意都吃到,口感丰富极了。最好最好,是这碗东西,是烫彻心肺的烫,吃到最后一口,仍是滚热的。这是极其得道的面食。

烩面之余,凉拌菜亦极好,凉拌丝瓜尖,凉拌千张丝。那个千张,跟南方亦不同,壮硕得多,拿高汤煨得软糯,荤中有素,素中有

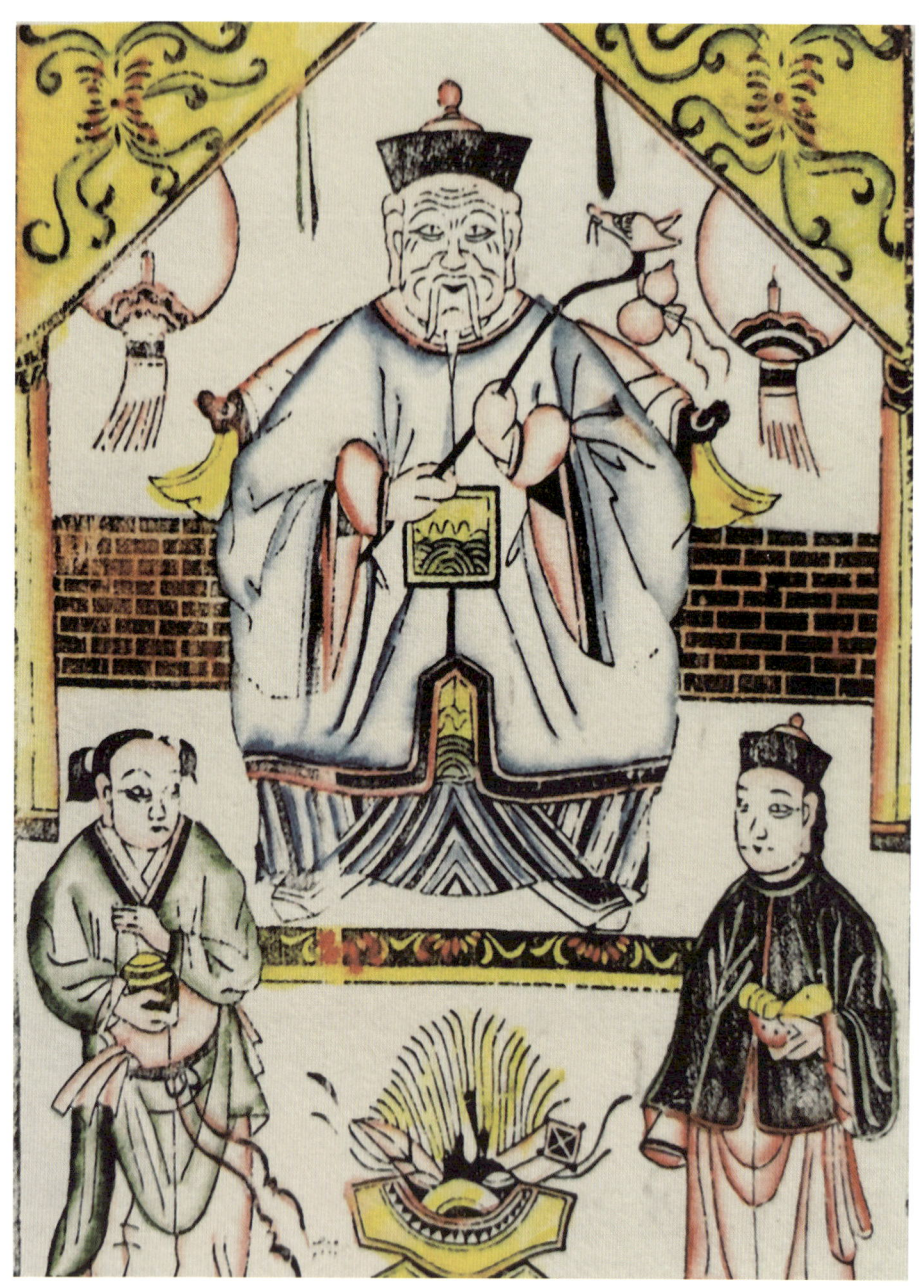

荤。再来一盘葱扒羊肉，亦是豫菜里的一大名作。扒，烧，炸，熘，爆，炒，焓，扒这种烹调手段，是豫菜常用的精致方法，南方很少见到。

合记生意兴隆，桌桌需要拼桌。我们对面坐了一对母子，点了一份蘸水豆腐，豆腐是连着木架子上来的，看了就很喜欢。跟对面妇人申请，给我拍个照好不好？人家妇人连声答应，还一定要我尝尝豆腐。河南人性情里的甘醇厚道，不止这一次，几乎体会了全程。

饭后拎上行李，一脚油门，驱车近300公里，前往南阳，那里几乎是河南的最西南角了，想去看汉画博物馆，中国最早，世界最大。

一路之上，开始领教万安的厉害，这个人，不是长一个头两个手臂的，起码长了三个头六个手臂。一边开车，一边在微信上办案子，不是办一个案子，三个五个穿插着办，还要见缝插针地科普我河南人文地理，关心我的冷暖以及是不是口渴等等。见过不少男人开车威猛聪明，第一次见女人，开车开得如此流利。

一路驰骋，让人无比感叹的是，河南这个地方，动不动就是一两千年的人物曹操孔明武则天，开口就是商周秦汉，几乎处处辉煌，脚脚有灵。

随便说几个吧。就在郑州往南阳的这一路上，宝丰附近，有一个马街书会，这个书会的历史可以上溯到春秋，至今每年正月十三，全国各地上千名说书艺人，云集在收割之后的麦田里，各自说书，比书，卖书，据说水泄不通，热闹至极。麦田辽阔，寒风凛冽，状况奇异得不得了。我这个书迷戏迷，当时听了就神往不止，暗暗琢磨，找一年，要备一身御寒衣服鞋子，立在露天，听个过瘾。

再比如，河南这一路，很多古瓷台，包括禹州的钧窑，汝州的汝窑，这样的顶级窑址，都在此地。后来还听一位汝窑附近的朋友讲起，开窑的时候，可以去窑旁，听冰裂的声音，因为窑内窑外温差巨大，瓷器出窑，会有相当长一段时间，可以此起彼伏地听到冰裂之声，据说，有人至爱听此种声音。

光是这两件，就足够吸引人，让人死心塌地再跑一趟河南了。

当天车至半途，于南召附近，正是黄昏之前，遇见山岚乍起，奔腾起伏，中原大地的大山大水，恢宏清邈，美若仙境，让我感动得差点落下眼泪来。

天色将黑未黑之际，抵达南阳，金凯悦酒店，两位年轻女子等在门边迎接，万安一边停车一边跟我说了一句是接我们的，下意识地回头看了一眼，其中一位黑衣女子，立得笔挺，黄昏里有一种特殊的沉稳肃穆。一下车，黑衣女子接过我的行李，一路招呼我们进店，上楼，洗漱，吃饭饭。今晚说是按照酒店招待总理的饮食范本，招待万安和我。等坐到桌边，才知道，这位黑衣女子是酒店的副总裁，五官娟秀细致如姑苏女子，一开口说话，却是一幅雄浑磅礴的嗓音，语气特别地深沉稳妥，完全不像一个33岁弱不禁风的女子之声。我对这样奇异的女子，立刻生了兴趣。慢慢等人家把大事讨论完一轮，轮到我举手发问，才明白，果然是摩羯女。小摩羯说，酒店后厨亦是她的管理范畴，入厨房去，她一发急，吼一嗓子，所有大小厨师不是加紧干活，而是人人停下手来，回头看住她，不相信刚才那么浑厚一嗓子，是这个小女子发出来的。原本是总裁不在家，小摩羯硬着头皮代替总裁来应酬贵客的一趟无趣无味的公事饭饭，结果被我们吃成了言笑晏晏的难得良宵。南阳一夜，意外得了个小摩羯妹妹，何其畅意。

之三

去南阳,是为了瞻仰南阳汉画馆。这个不大的博物馆,始建于1935年,富藏举世无双的汉画,人称河南的敦煌,而我的心得是,敦煌亦不见得拼得过它。

清早驱车至馆,一落车,满城桂子香,不禁闭目深呼吸。建筑朴素,不像博物馆,比仓库略好一点。门口也没有售票处,只一枚当地老伯查看身份证,这一来,就更像仓库了。进门有博物馆的微信公众号,积极扫一下,结果跳出来的第一行字,是我馆馆长刚刚从上海鲁迅纪念馆参加研讨会回来,问解说小姐真的假的,小姐说真的,贴心地告诉我们,我们馆长是二月河的弟弟。于是埋头在手机上拜托上海鲁迅纪念馆馆长郑亚,请亚妹妹帮忙介绍专家给我们讲讲。解说小姐笑嘻嘻跟我讲,院子里那位,就是我们牛主任呀,人家不爱说话的,平时见了谁都没表情没话语的。远远望了一眼牛主任,等着亚妹妹给我微信指令。

一边等一边就瞻仰起来了,于展馆内,差不多走了有50米吧,我的眼泪就落了下来,这些汉画,实在是太美太美、太厉害太厉害了。如此雄浑深沉,气概逼人,看一两幅,已经五体投地,我们浑浑噩噩的日常里,跟这种壮丽,久久久违了。再来,是古人的想象力之灵

巧卓越，聪明剔透，今人哪里是对手？造型之夸张，用意之别致，构图之沉着，线条之柔软简单，真真是件件都对，想想看，那是两千年前的匠人，于如此粗犷的石碑上，用铁器锤做的杰作，脉脉穿透岁月，穿透一切的腐朽，传递到此时此刻，这是何等不可思议的力量与灵感。我在那里热泪盈眶，身边三个头六个手臂的万安跟我讲，好了，你朋友给你搞定了，你看，牛主任在接手机了。果然，牛主任在院子里咿咿呀呀接完了手机，然后我们就跑过去自我介绍了，然后牛主任就一脸面僵地陪着我们两个陌生人开始讲解了，然后牛主任看我一再流眼泪，就跟我讲，1987年，当时的中央美院副院长罗工柳到此地参观，频频落泪，吓坏工作人员。当时罗自承，落过三次眼泪，一次是看到敦煌壁画，二次是于霍去病墓前，三次是此时此刻。

汉画馆里，当代讲得最多的，是鲁迅周作人兄弟，对汉画的无限兴致。鲁迅当时人在京沪两地，没有高铁没有万安，无法亲赴南阳，惟有不断托南阳当地友人，帮忙拓下碑石上的汉画。去世之前不久，还在惦念某座石桥上那幅巨大的汉画，要记得拓下来，记得邮递给他。鲁迅终究是没有看到这幅拓片就与世长辞了。汉画馆内，仅有的题词，是鲁迅的一句"惟汉人石刻气魄深沉雄大"，吴冠中、林风眠、王朝闻诸位，亦都一一在这些汉画跟前目瞪口呆屈膝匍匐过。

因为有牛主任在身边，就问了一百个问题，从牛主任这里，才知道，这些东西，绝大部分，博物馆根本不是从古人的墓地里考古发掘出来的，而是在某座桥上，某座井边，某家猪圈里，东一块西一块，弄来的。如今的镇馆之宝，当年是桥石，偶然被来此地出差的田汉看到，田汉惊艳之余，回京之后专门打报告申请了一笔钱，才把这座桥拆了，重新另建一桥，两块巨型墓碑石，才作为国宝收藏了起来。这种血泪史，听了，要重新再落泪。

牛主任渐渐从面僵变得眉飞色舞，大概几年也遇不到我们这种观众。伊是1986年从河

南大学历史系毕业的科班大专家。时间已是正午,怕耽误了人家午饭,在与牛主任互扫微信之后,请牛主任休息,我和万安,在馆内从头至尾,又瞻仰了一遍,一个上午,一共看完三遍,拍了一堆照片。无限遗憾的是,这个馆,没有拓片卖的,宋以前的东西,如今都不允许拓了。真的是余生也晚,奈何奈何了。

听牛主任说,他们也请当代的石刻工人来仿造过这个汉画,手法都没有问题,工艺也没有困难,但是,出来的东西,就是没有味道,不能看。

稍微展开几句，何以南阳此地，独多这种墓碑石上的汉画呢？因为，两千多年前，南阳是南北交通要冲，南北经济交汇之处，繁荣富贵，是全国五大城市之一。此地云集王侯将相帝后嫔妃，是为当地富丽堂皇的古墓群落之来由。当地的冶铁技术亦极为高明，这个先决条件，为汉画像打下基础。目睹这些汉画，确实感知到中华民族鼎盛时期的雄伟挺拔，非常震撼非常难得。

那个上午，大概会记取很久很久，如此动人肺腑的瞻仰，空落落一座博物馆，几乎仅万安与我，以及牛主任，三人。遍布馆内的汉人石刻，缭绕于我的灵魂，万般难忘。

特别感谢郑亚妹妹，特别感谢牛天伟主任。

汉画馆出来，亲爱小摩羯于中秋节的百忙之中，还发了面馆的地址来，盛和生炝烩面，凉拌萝卜缨，蒸红薯叶，都非常好吃，特别是萝卜缨，这个是世界上营养最佳的蔬菜之一，超过羽衣甘蓝，很难找到，居然在此地遇见了。

下午晃去武侯祠，恶俗恶俗的一个景点，诸葛亮的平生事迹，完全没办法看。惟有岳飞一幅《前后出师表》，刻在石碑上，龙飞凤舞，越写越激愤，倒是颇耐看。晃完出来，想买本岳飞的东西夜里枕边翻翻，门口老太太们蜂拥而至，递到我手里，纸实在太糟糕，印刷实在太糟糕，替岳飞委屈一下，不买。

第一章 亲爱的豫

之四

南阳此地出玉石,独山玉,出雕工。听万安闲话,她颇有一些富二代的当事人,上一代是靠了玉发的财。于是,到了南阳,总要去看一下玉们。

万安在停车,我跳下来,站到路边一个水果铺子跟前,当季的鲜核桃,柿子,石榴,一一俊美。拿了个核桃请老板砸开来,扔嘴里就吃起来。万安停妥了车,过来一看吓一跳,吃上了啊?老板一点没着急,呵呵笑着看我吃,这个真是河南人的淳厚。我这种人,一望即知是个土土的外乡人,不会买他的水果,老板一点没有着急钱,还劝我吃了核桃再吃柿子。

吃完晃进去,午后的园子里,全部是玉器铺子,比比皆是,随便择了一家踏进去,胖大的老板,一个人,在玩游戏。我请他慢慢玩,坐下来吸烟,午后的玉器铺,适合想一点跟玉堂春暖相关的古老往事,思念一点旧人以及故人。

一枝烟吸完,老板从游戏里抬起脑袋来。赞美他长得弥勒相,他嘻嘻笑着自谦,不像不像,人家弥勒比较白,我比较黑,像鲁智深。翻他一个白眼,鲁智深?你哪有那种杀气腾腾?还是像弥勒吧。镇店之宝呢?是哪件?拿

来看看。

"弥勒"指了一件,大件得很,雕了一盆水仙,上世纪90年代作品,他老父是玉工,精雕刻,是国营厂的老师傅,早就不动手了,都是徒弟雕,等等。我嫌不够好,请"弥勒"

再献一件来看看。"弥勒"打开身后柜子,一套四件桌上的小屏风,我说拿出来看吧,那么远,怎么看得清呢?"弥勒"说,你进来看好了。就进去柜台里面。四件屏风,碧色盈盈,又翠又透,确是老坑老料。雕工细致,四季风景,雕完拍金粉,真真金镶玉的派头。问可不可以摸,"弥勒"说可以,就上手摸个遍,冰清玉洁,嗲是嗲得来。

"弥勒"看上了万安腕子上的镯子,好东西好东西,赞了半天。于旁边看了眼睛热,无奈我是不太能佩玉的女人,大概是命里已经太多石头了。

玩了久久,临走跟"弥勒"互扫微信,扫出来,呵呵,人家微信名字直接叫"好人"。南阳好人,从汉画到独山玉,够写三部长篇小说的。

夜里,与万安在屋里听豫剧,问我听过谁的,答常香玉,被嗤之以鼻,那个怎么能听?要听马金凤啊。银铃一样的嗓子,一点不吃力,好听啊。马金凤说,她从小到大,没喝过凉水,也没喝过热水,都是喝的面汤,嗓子养得好啊。云云。

然后万安来了句厉害的,我看你的字,觉得你也是个不能累的人,一点心力都不能用那种人。

听了震惊,读者真的比我自己还了解我自己,我写字,真的是不能着力,一用力,就不写了。其余的人生诸事,亦莫不如此。

这个万安,厉害的。

之五

南阳两夜,住在小摩羯的金凯悦酒店里,三天没游泳了,四肢僵硬,思维枯竭。跟万安申请,晚上可不可以去按摩一下,大浪淘沙金碧辉煌地,就在鼻子底下。万安讲,那个是喝完酒不想回家的男人去的地方,你怎么能去?这就灭了心思,乖乖回房间泡茶来饮。这是一个惊人的全能型人才,出门驾车,回房泡茶,文能讲戏,武能打官司,跟伊旅行,几乎有踏平中原的豪迈错觉。

这日清晨,与小摩羯共进早餐之后,依依不舍再三抱抱,驱车前往洛阳,直线路程大约250公里,途中原本计划去看一个宗祠,一个花洲书院的,结果大大失算,开了足足550公里。这一日,真是把万安开车开伤了,而且前一夜,我们两个只睡了三小时。一路之上,人人问我会不会开车,言下之意,既然是会开车的,也应该适度接过方向盘,有点分担。然而,我这个老司机,还是摸都没有摸过方向盘。

去往宗祠的路,十分不好走,一路从省道,开到乡道,然后还开到了村道,蜿蜒曲折,一路艰难,状况简直不亚于刚刚去过的古董车拉力赛,万安的宝马X3足够威猛,横冲直撞,开得比猛男还猛。辛苦抵达目的地,结果

却是五分钟就看完了。那是一个簇新的单薄宗祠,为了那个簇新和单薄,我倒是也震惊了一下的。

不过呢,那一路的辛苦,倒绝对不是白辛苦,十分意外地,看见了秋收季节的中原大地,举目金黄,遍地丰满,有一种岁月落幕的安堵,人生初歇的悠扬。中原的亢昂壮丽,与南方的婉媚依依,完全是两种版本的声情并茂。中原此时,玉米芝麻花生高粱核桃苹果酥梨石榴葡萄,接踵丰收。而南方呢,离家前最后一餐,是吃了一碗新收下来的鸡头米与一碗桂花糖芋苈。南北的殊异，相距1000多公里的软硬兼施，这一趟，夹叙夹议，是一并体会到了。

记两件途中的趣致饮食。

于五分钟的观看之后，驱车往洛阳走，费了太多的时间在种种小路上，不得不放弃花洲书院，直落洛阳了。开了一刻钟，万安郁闷个半死，跳下车，在路边成行的葡萄摊前停下来，吃半斤枝上新剪下来的葡萄，稍息片刻。那一带，有百亩葡萄园，据卖葡萄的农妇说，就这么摆个路边摊，就能全数卖完，听了相当意外。葡萄有好几种，一一试了试，滋味寻常，并非优种良品。歇够了，起身重新上路。看见农妇的大茶杯里，泡着奇怪的茶叶，便问吃的什么私房野茶，人家呵呵笑答，荷花的花蕊啊。听得我都生气了，吃这么好的茶，奢侈不奢侈啊。农妇笑说，家里有大片荷塘，荷花开的季节，一清早摘了花蕊，晒干，拿来泡茶饮，据说清心降火，是秋日佳饮。听完点头，darling，永远不要小看刘姥姥，一不小心，比妙玉黛玉们，吃得好、饮得精致。

上高速之前，需要吃个像样的午餐，怕一路到洛阳，不方便饮食，旅途之上，饿，是颇难抵抗的困苦，所以，绝对不能饿。

车在一个名叫贾宋的镇子上绕来绕去，找饭馆子，渐渐就找到一条回民街上，万安是回族，这样的地方，很适合她吃饭饭。下车先买路边摊两个烧饼，左一摊，右一摊，没有看出有何区别，而万安已经斩钉截铁站到左边去了。左边的，是火炉烤的，右边的，是电炉烤的。万安的意思，电炉烧饼，怎么能吃呢？然

后一边买烧饼,一边跟我科普了三分钟她心目中的河南烧饼第一名,在登封。少林寺有什么好看?我去登封,就一件事,吃一个这家的烧饼。然后信誓旦旦下次带你去。

拣了个馆子,有牛肉甜汤,浆水面,扣碗。这些字,这些饮食,于我,是多么地魅力深沉,与万安斟酌着一一都要了一份。牛肉甜汤,其实就是牛肉炖汤,牛肉切得菲薄地浸在汤内,一大碗端上来,是淡味的,完全没有盐,店家会附上盐给你自己落。若是在南方,这碗东西,大约就是牛肉原汤的意思。汤很好,滚热,鲜浓,一点盐都不需要。扣碗,要了一份羊肉扣碗,这是一种蒸菜,蒸若干小时,最后上桌时候,扣在盘子里端给你。羊肉蒸得很一般,好吃的,是扣碗里铺底的胡萝卜,拌着浓郁的香料,嫣红大块,美极。万安一边吃一边说,这个就是你写的贵妃啊。以前写过《牛肉与它的贵妃们》,贵妃牛肉,跟这个扣碗,确有异曲同工之美。

　　吃完，万安问，称心满意了没？答，还有两个小心愿，一个想拉一个面面，再一个，想看看扣碗怎么蒸出来的那个蒸锅。万安点点头，说，中。

　　于是两个吃得很饱的人，就站到了灶台附近。老板看见了，回过头来主动问我，要不要拉个面？万安开始得意，看看我们河南人多好，就知道你一个外乡人，恨不得拉个面，快去洗干净手。老板领着，立在锅边，真的拉了一把面面。自己下过手，才知道，河南这个面，有多么筋韧，怪不得这么养人。面面拉完扔进锅里，两分钟之后，成了馆子里某位员工的工作午餐。旁边一位吃客替老板着急，大声说，你把她教会了，可咋办呢？老板笃定地回答，我把她教会了，她也不会在这里的。然后跟着老板看了扣碗蒸锅，如今是电蒸锅了，这个不好玩。看见电蒸锅里，还有豇豆干扣酥肉，明明刚吃饱，还是馋心澎湃。

　　这个小镇子，贾宋，特产是棺材，满街的棺材铺子，拍了照片，也不能分享给朋友们，只有留着自己暗赏。这个地方，想来，还有土葬。

之六

往洛阳，走二广高速，是第一次走这条路，南阳至洛阳这一路，几乎像封了路一样，仅我们一辆车在飞奔，景致辽阔，非常北方。据万安科普，从豫西往豫东开，视野是比较开朗的，因为河南西高东低，一路往东，是往下走。

黄昏之前抵达洛阳，Christine Hotel，这是一个令人印象深刻的国产酒店，要写几句。设计得过德国的设计奖，虽然不是我钟意的风格，人家究竟是花了很多心思的，赞扬。宽敞得很，住多了空间局促的酒店，到二三线城市，住到这种空间奢侈的酒店，无论如何是愉悦的。Christine的服务，堪称是酒店业界的海底捞，于前台登记入住，身份证还给你的时候，不声不响给封了一个保护套，然后还递给你一个单子，请你勾选茶水、水果、点心，随便点随便勾，开动脑筋勾了半天，一踏进房间，这些饮食，已经给你放在桌上了。然而，要命的是，一样都不好吃，连我勾的一杯最最简单的蜂蜜水，都不三不四没办法喝。

房间内，还有一份很长很长的单子，列着免费提供的物品，多到数不胜数的地步。有点好奇真的假的，就拎起电话，请客房服务送几样来看看。风油精，荧光笔，湿纸巾，感冒

药,一般酒店都不会送你的这些东西,三分钟之后,真的全数送到,叹为观止。而且,每一位服务人员,人人笑容满面,客客气气,这在我国,简直是不可能完成的任务的。以上,是这个酒店的好处。

下面说不好的。到底不是国际大牌,在诚意十足的同时,经验却极贫薄。这样的酒店,收的是五星的价钱,却竟然不做游泳池,也没有桑拿室,这个绝对是很不体贴很缺脑子的设计。客房极宽敞,甚至设计有灶台,有茶桌,却不知怎么竟然没有浴缸,空旷的卫生间内,淋浴间设计得极其狭窄,窄到侧身都不易的地步,这些都是令人匪夷所思的错误。酒店,就不要自己逞能来做了,直接请国际大牌来做,会像话得多,人家那么多年的经验,绝对是有道理的,自己就不要从零开始乱摸索了。

不过,无论如何,邂逅这样一家国产酒店,是非常愉快的旅途经验,屋里宽敞的茶桌,让我们两个风尘仆仆的旅人,安安适适过足了茶瘾。

晚上,去晃了洛阳老街丽景门,人山人海热气腾腾,晃过我国很多很多老街,以此地最为有趣。为什么?好像是因为洛阳,这个特殊的地理位置,融汇了南北各种元素,吃喝玩乐看,都格外丰富一些。举个反面例子来说明,比如台北的夜市亦是兴盛的,热闹好玩和好吃的,却无法跟洛阳的眼花缭乱相比,台北毕竟偏安一隅,跟中原十三朝古都的洛阳,完全不可同日而语。于回程出租车的后坐上,把这番话跟万安啰嗦了一遍,前面的司机听了拍断大腿,表扬我这个外乡人有水平,然后这个老洛

阳，自我骄傲了一路。

　　夜里，把丽景门老街拍得的照片，慢慢整理着发给远方的包子，这样子的国粹，远在英国的包子，会很想念很想念。

之七

洛阳,煌煌十三朝古都,负山抱水,钟灵毓秀,向来人杰地灵,是王者之里,匆匆一日一夜,自然是千不够万不够的。

清晨去饮洛阳人的牛肉汤,传统早餐,小铺子里,从收钱到做面饼,统统是女子。牛肉清汤按照肉的多寡收钱,要了最小的份,然后问你吃饼还是吃饼丝,奉送。饼丝是薄薄的饼,制成之后,切粗丝,给你泡在热汤里,跟泡馍是差不多的意思。清晨一碗滚热的牛肉汤,万安的小感冒都治愈了。吃完不禁感叹,中原人好富裕,一大早,吃得这么好,完美地与姑苏早餐的焖肉面遥相呼应。不知这是何时出现的饮食习惯?不是一直讲河南穷吗?怎么有如此奢侈的传统早餐呢?值得人类学家细思。

前一晚,万安排行程,斟酌了很久,究竟去看哪个博物馆,洛阳可看的东西太多,而我们仅有半日的时间。于枕上左右盘算,还是择了洛阳博物馆。

这是一个建得十分巍峨的博物馆,相信藏品亦极大丰富,但是馆内布局比较糟糕,九成九的展品,缺乏充足的文字说明,这是非常偷懒的事情,深表不满一下。这个博物馆,别出心裁地,在二楼一个展室内,将几件镇馆之宝

粗暴地云集在一起，取名珍宝馆。这个布展思路实在是奇怪，不过倒是高度适合旅游客，匆匆冲进博物馆，风卷残云，于一室之内，花人生宝贵的五分钟，看完拍完几件珍品，扬长而去。不喜欢这样粗暴傲慢的布展，破坏历史的肌理，不知道敬天惜物，惟自己的欲望独尊。这点不满，啰啰嗦嗦，跟万安唠叨了好几遍。

而东西，真是好看。青铜很美，陶俑很美，先民的温润天真，于这两种冷冰冰的材质里，不绝如缕地传递而来，浑厚，朴拙，够古，够盎然，到了唐三彩，更添一种娇痴烂漫、不可一世。指着一件马上女子的三彩，跟万安笑说，这个是唐朝的茜茜公主。一件件旧物里，是古人鲜灵活跳的温暖生活，红尘滚滚，深不可测。这个博物馆，没有很多的大器物，估计一等大器物，都去了省博，此地留下的，大多是叙说细节的中小器物，倒是各有各的看头，殊不恶。

万安体贴，尽管这日其实我们比较赶时间行程，但是她还是容忍我仔仔细细花足半天时间慢慢晃完整个馆子，一句催促都没有，让我深感安详清静，心满意足。事后想来，觉得很不可思议，万安那么高速度有效率的一个人，竟然能够跟我这种极散极慢之人，安然相处一整个旅程。自然是，她的宽容，成全了我。

去老洛阳面馆吃午饭，以为就是一个面馆，其实是个很厉害的饭馆子。人山人海沸腾如滚粥，担心下午行程赶不及，就不想等位，打算走了，门口知客的服务生，一位中年妇人，百般客气，一再地挽留我们，这是我遇见过的，最深情最耐心的一位饭馆知客了，前前后后，至少挽留了我们四次，感动莫名。一边等位，一边看野眼，最奇异，是牡丹燕菜上桌，服务生托着一个大盘，满盘燕菜，其实就是萝卜丝啦，然后还抱着一个怀旧的竹壳热水瓶，临桌当场将热水瓶内的高汤，倾在燕菜上。这个作法，让人想起火烧冰淇淋，临桌烧给你看，蓬蓬一把火，跟儿戏一般。我年纪大了，不能爱这种噱头了。我被自己的苍老，吓了一跳。

吃了饭饭，临走到门边，那位知客妇人坐在一旁休息，看见我们走，还特意站起来相送，这样的厚意，真真是久违了。

午后，驱车五十公里，去新安，看一个千唐志斋。对这个地方，孤陋寡闻，听都不曾听过，竟然藏有一千多块唐碑，我国惟一的一间墓志铭博物馆，媲美西安的碑林。辛亥革命元

老张钫先生于30年代开始，收藏，建窑，于兵荒马乱的年月里，把收来的唐碑，嵌在窑洞的石壁上，到了60年代，这些窑洞的墙壁，被抹上泥，覆盖了唐碑，成为村镇办公室。种种的离乱，种种的暴力，终究未能摧毁这些顽强的物质，这是那一个艳阳的午后，独自立在这些风霜满面的唐碑跟前，我的感慨。故人的心力，故国的厚土，自有一种不可思议的强大力量，凝聚起来，抵抗今人的愚蠢。人伦天道，人伦丧尽的时候，谢谢天，我们还有天道可依。

抄几句书，因为人家比我写得好：

千唐志斋的这些墓志铭，志主身份有位极人臣的相国太尉，封疆裂土的皇亲贵戚，雄踞一方的藩镇大吏，职司守土的刺史太守，官卑职微的尉墨参曹；也有悠游园林的处士名流，昧悟参禅的寺观洞主，以及被深锁内宫、凄凉一生、死而不知姓名籍贯的宫娥彩女。这些墓志，记载着形形色色的人物及其社会活动，可作一部石刻唐书看待。

东西十分有看头，有董其昌，有郑板桥，有吴昌硕，有章炳麟，有于右任，细读碑上文字，读到一幅幅人生，一再感慨难以置信。万安的当地友人L君来相陪，劈头就说，给你们准备了拓片哦，很难弄到的东西啊。听了惊喜莫名。然后人家说，一份是郑板桥的四幅竹子，一份是刘墉的字。听完又有些落寞。这两样，很不幸，都是我不喜欢的。郑板桥的竹，剑拔弩张，拼命标榜清高，我已经过了那个用足力气的年纪了。而刘墉的字，圆滚滚的俗气。无奈，人家落足心思搞来的宝贝，已经是千难万难了，就不可以再疙瘩了。

看完千唐志斋，L君再四挽留，邀请我们去龙潭大峡谷，L君讲，昨天接了你们电话要来玩，人家就精心策划准备，头发都愁白了，安排好了于大峡谷里吃东西，住一夜，看月亮，怎么能说走就走呢？自然风光也不看一眼，就看个唐碑怎么行呢？立在旁边听他与万安说着一句来一句去的河南话，长日永昼，人情世故，觉得好听极了。

深谢了L君，预约了下一趟的大峡谷之游，跳上车，继续赶路，去巩义。

一路之上，脑筋里一直转着张钫书斋门上的一个对子：谁非过客，花是主人。

黄昏之前抵达巩义，万安的几位挚友极是盛情，一起去虎家吃饭饭。这家清真馆子，做得极好的菜，吃到青麦仁凉拌茴香苗，超美的广肚，一碗羊肉烩面，绝对不输给郑州的合记。可气的是，万安和她的挚友们，一边吃东西，一边一直在谈论公事，官司啦执行啦当事人啦等等。等吃饱了，我跟他们讲，darling，再给你们讲十分钟公事，然后就不许讲了，我要开始提问了。

万安的两位挚友，功成名就的中年男，问他们，这辈子，还有什么想做的事情？长考了一碗面的时间，一位答我，退休以后，想去各地看看年轻时候当兵，部队的战友们。另一位答我，想去旅行。

那么爱情呢？两位中年男，大概很少被一个认识半个小时的外乡人如此高考，一位苦苦答我，妻子待我太好，不可能跟人家离婚，这辈子，不甘心也只能甘心了。另一位呢，打死也不说。听完，没心没肺跟万安笑，看看，这些中年男，十个里，有九个半，是想离婚的。婚姻是多么非人道的东西。

饭后，四个人商议，是不是一脚油门，上山看月亮。意见两两对分，很感谢其中一位，斩钉截铁说上山，如果没有那个一言九鼎，我们将要错过的，是多么难得的、刻骨的美。

一脚油门，上了邙岭。两位挚友，对邙岭熟极，车至山顶白云寺，跳下车来，一瞬间，我是美得止了语。明月清晖，于斑斓的浓云里穿行，白云寺落落大方没有古今，中原的莽莽大地在脚下，我的眼泪啊眼泪。

那一夜，是戊戌中秋。darling，那一晚，你是与谁，共的明月？

之八

　　清早于酒店早餐，一碗清粥，一碟子蔬菜。最近频频出门，酒店早餐已经到了看见就怕的地步。比较特别的，是有韭菜炒小虾，那个虾子特别抖擞，尝了一筷子，果然极好。是黄河里的小虾子，比太湖白米虾浑厚浓郁饱满。到了巩义，其实是可以去黄河边，看个长河落日圆的，无奈我们的时间根本不够用，一切的自然风光，除了邙岭望个月，都减省了。

　　说几句鲁迅与豫菜。因为是勤奋写日记的人，鲁迅于京沪两城，爱上豫菜馆子的事实，就被香喷喷地记录并且流传了下来。夫子日记里，记的是糖醋软熘鲤鱼，不是鲤鱼焙面，我猜，是因为那一挂面面，极不好抻，细如发丝，还要炸得恰到好处，难死人了，不如省略。还有一个困惑，那个鲤鱼，是黄河鲤鱼吗？可能吗？黄河之外的鲤鱼，会好吃吗？是不是土腥气很厉害？希望鲁迅研究专家可以科普我一下。鲁迅还钟意河南的猴头菇，以及红枣，于书信中跟友人缠绵：南边也有枣卖，但是肉薄，不如兄寄我的好。这种家常，于文豪的笔下读到，总是别有风味的。

　　峰哥陪我们去康百万庄园。darling，这是一个惨不忍睹的地方，看了三分之一，已经痛彻心肺。

稍微写几句。康家是明、清、民国四百多年间，足足富裕了13代的豪族，整座巨幅庄园，背靠邙岭，面临洛水，一副金龟探水的漂亮姿态，风水壮美安详，不是一般的厉害。康家靠军需棉衣生意起家，依赖特殊的地理位置，在豫、鲁、陕三地拥有18万亩良田，各种水陆生意、制造工厂，密密麻麻，数不胜数。鼎盛时期，人称"河里走的是康家船，岸上种的是康家田，路上跑的是康家马，栈房借的是康家钱",简直是中原的日不落帝国。光是山东沂水一地的栈房,经营的商品,就包括沂蒙全蝎,金蝉,蜂蜜,银杏,金银花茶,蒙山龙雾茶,石竹茶,决明子茶,沂水丹参茶,药材,大棒子人参(山药),等等。如此华丽家族,如今留下的园子,残破不堪,这还在其次。近年拨3400万元巨款修复,修成了一座恶俗恶俗的东西,恶俗到不忍卒睹的地步。整座园子晃完,我照的惟一一幅相,是深宅重院内的一株老桂,锦华累累,满树金黄。darling,人世不堪,人人争看小姐的绣榻康家的元宝,真真是花也寂寞。

　　康家园子被折腾成如此废墟,还是有一个深邃的看头,这家人家的家教,多少还留着一点点余绪。处世是极度的低调;做人做生意,是一定要留余地;子孙一定要读书。这三点,至今仍有饱满的现实意义。康家一副对联,取的袁崇焕的句子:心术不可得罪于天地,言行要留好样与子孙。言简意赅,过目难忘。

　　转完园子出来,万安要买一个烤红薯给我,秋天新收下来的红薯,一个秋冬的恩物。起先我坚决不要,后来改了心思,到一地,尊重一地饮食,这是我从小带包子旅行,一再跟孩子讲的,自己怎么忘了呢?

　　摊主拿起烤炉旁边的红薯就要给我们,跟伊讲不要这个,要炉子里现取一个出来,滚烫,而且秾软。不过是买一个烤红薯,我的疙瘩劲头莫名地又上来了。

　　峰哥带我们再上邙岭,动足脑筋,琢磨着给我吃羊肉和奇巧面食。山上秋风飒爽,农家殷勤切切,坐下吃刚才的烤红薯,分万安一

半，问峰哥要不要，峰哥说不要，你吃吧，我们吃太多了，小时候多亏这个，没这个，活不到今天。

　　这是个极其通透的中年男，表面看上去圆融无骨，脾气好得一点棱角都没有，气质憨厚如弥勒佛，其实呢，与他说了半夜的闲话，这个男人，着实是粒扎扎实实的糯米子弹，芯子里有的是聪明和强大，绝对小看不得。一向对人兴致盎然，看人比看什么都赴汤蹈火，这一路之上遇见的中原男人，每一个，都十分开阔我的见闻，看得过瘾。

　　一边吃东西，一边跟峰哥讲了几句刚才的康百万，感慨明与清的中央政府，犹有那个雅量，敢于藏富于民，康家富裕到了掌握着中原粮仓的地步，国家仍能等闲视之，并不与民为敌。这种雅量，如今哪里还有？而康家也真是识相知趣，真真是有什么样的皇帝，就有什么样的子民。多看历史，真是增益智慧的，不过要看真历史，这个很难。

之九

下午去巩义石窟寺，一个比龙门石窟还早一百年的北魏石窟。朗朗的艳阳底下，一个游人都无，与上午人山人海的康百万庄园完全不同。石窟依着山势，沉在地面下小半层的样子，五间石窟，一个千佛龛，7700多尊佛像，其中有一些，是我国仅有，世界绝无。darling，7700多尊石刻佛像，一个普通的高中，有多少学生？如此想想，是不是要长叹？

独自慢慢走下去，步入石窟，谢谢天，那么难得地，与北魏的石刻们，独处一室。那种震动，darling，我真的，没有办法在这里写给你，佛像造型的恢宏清爽，容颜的慈悲大方，飞天的旖旎，藻井的繁丽，以及那种完美的、准确的、毫不塑料的、两千年原汁原味的雄浑苍劲，竟然，于那个午后，归了我一人。第一窟内，最美的一尊佛，慈悲雍容，宛如圣母，立于像前，我的眼泪汹涌不止，随后进来的万安，看我哭得那么凶，简直有一点吓到了。

一共五座窟，有一半锁起来了，因为地上也有石刻，给游人踩踏多了，被磨灭得严重，于是锁起。

还有一块碑，刻于1937年，国民党陆军步兵少校营长叶金饶题。四个大字：河洛神迹。小字一首诗：

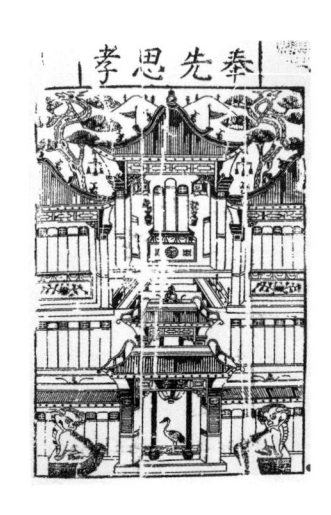

石窟二千年　精巧夺天然
满座半残废　神话犹相传
彼姝殊自乐　裸舞何蹁跹
万载邙山下　过客辄流连
东望多感慨　国难重仔肩
边城烽火急　壮士应催鞭

于这块碑前，肃立良久，一腔的国仇家恨，闷得我心慌。

第二天回到郑州，万安跟巩义当地领导报

告，说我看那个石窟看哭了。领导讲，你那个朋友，没见过什么好东西吧？看个石窟就能看哭了？让她留河南吧。领导给万安准备了些玉米糁，说是高原山顶上一小块地上种出来的，就那么一点点，拿去吃吧。一拿下车，原来竟有半麻袋。

离开巩义回郑州之前，万安把我放在宋皇陵跟前，叫我自己进去晃，她去洗车，半个小时后来接我。那是一个免费的大公园，北宋的皇陵，简简单单。南京的明孝陵秀逸，此地的宋皇陵苍朴，各有千秋风华。峰哥说，那个，我们平日吃了晚饭，就去走走，遛遛弯儿，有什么好看的？

河南人民的厉害，darling，你体会到了吗？

之十

回到郑州,万安留我住在家里,不容我去希尔顿,除非你非要游泳。跟这种三头六臂、说一休想还有二的铁娘子在一起,我想我还是say yes比较省力省心。

郑州两日,万安亲手做了包子给我吃,羊肉大葱粉条馅儿的,搅了疙瘩汤给我喝,凉拌了荆芥苦菊银耳,最厉害,是早餐命吃大闸蟹四枚,吃到我彻底伤神,饱到我完全不能笑。去古董车拉力赛三天瘦掉的五斤体重,在河南一个礼拜,全数重了回来。一边吃蟹,万安一边跟我讲,国庆回老家,上馆子里吃蟹,一上一大盘,至少五斤,跟吃红薯似的。

八日的旅行,行程匆匆千里,看了汉画,唐碑,北魏石窟,吃了最赞的豫菜与面食,学了做包子和疙瘩汤,得了一个妹妹一个铁娘子,还有若干darling,此时此刻,于上海的家里,饮着老友给的绝嫩绝秀的信阳毛尖,悲欣交集。

第二章　豫深沉

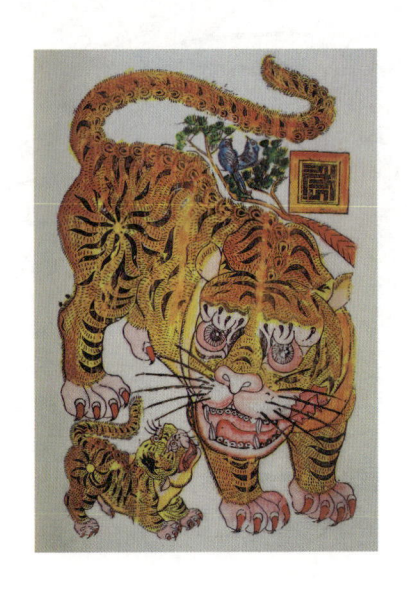

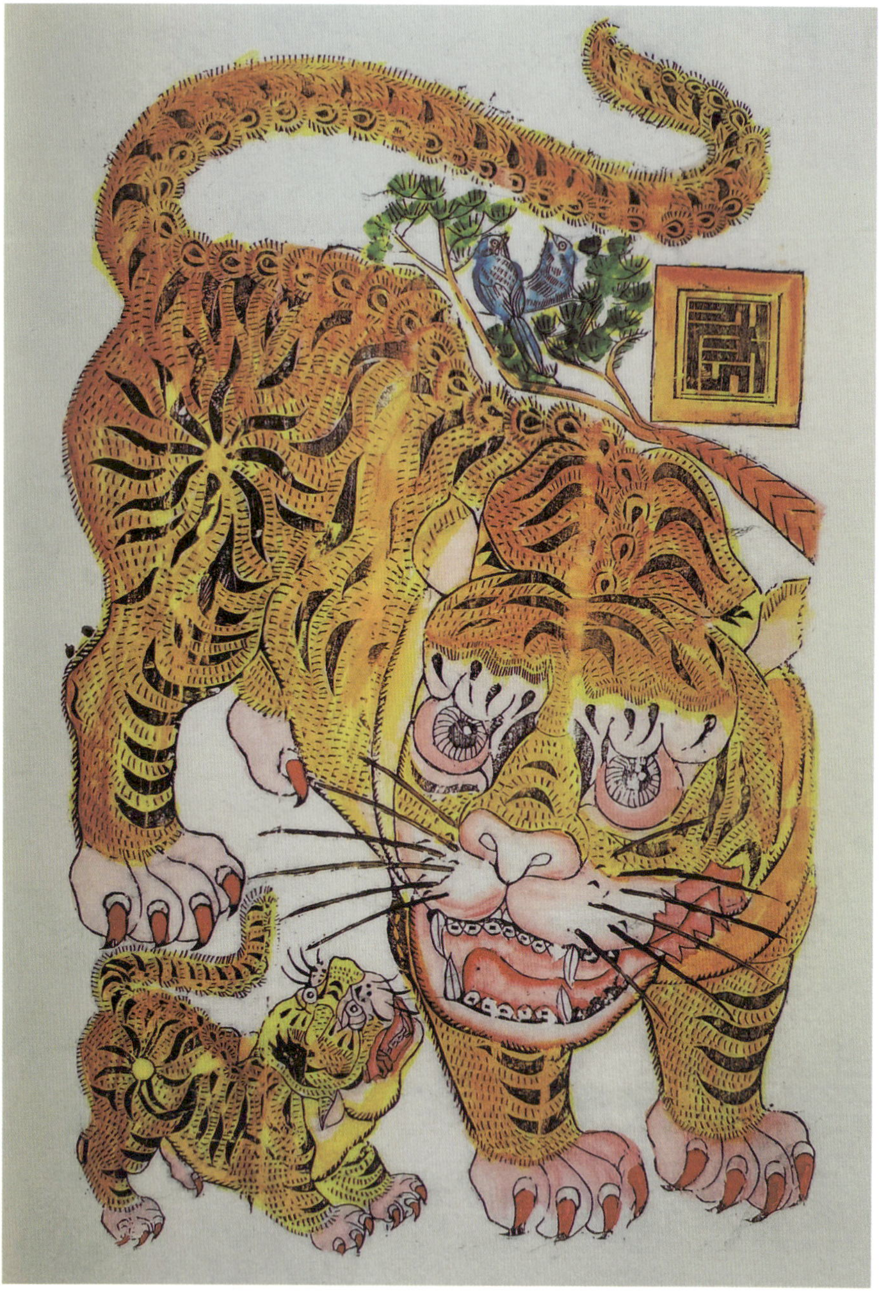

之一

巩义，郑州城外八十公里处的一枚珠玉小城，宛如苏州与上海的若即若离，一脚油门半个钟。清凛的晚秋的晨，友人来旅舍带我去吃早餐，前一晚，被再四叮嘱的，旅舍对面的一碗汤，不可错失交臂的晚清老汤，那个字洪荒太古，读都没办法读，那便低头饮汤。店家午夜里熬起来的浓汤，饮之前，冲一个新鲜鸡蛋，饱满的黑胡椒，一撮香菜，一勺玉玉的麦仁，丰盛的一大碗，口感层次分明，暖与辣，纷纷直指人心，于如此的湿蒙蒙的清晨，真真是杀霾的，边饮，灵魂里飘荡一曲软暖的黑糖般的爵士，黑胡椒与黑糖，一一都是抚慰人心的锋利之器。

汤后，友人带去看巩义当地的窑。巩义是座惊人的城，此地的巩义窑，始于汉，盛于隋，完美于唐，根本不能想象，此地疯狂古老的前世今生。巩义窑最让我念念难忘的，是它的白瓷，那种远古的清白，百般难以捉摸，不可追的邈远高古。于浓霾天里，寻了久久，友人奔前奔后打了无数的电话，连路上执勤的特警都陪着我们忙碌，我甚至叹了气说，实在寻不到，亦就算了。最是于勉力复勉力的最后关头，豁然开朗。人生如戏，总是热爱戏弄你和我，尤其是于你我欲望炽盛的紧要关头。

极不起眼的一扇门，层层叠叠走下去，地下室一般，暖烘烘的灯火通明里，是巩义老人们在打桌球跳国标打麻将。darling，那是清早的十点来钟，巩义人民超高的幸福度，让我一度甚至忘记了巩义白瓷，立住了脚，专心观看了千秒之久。千回百转，终于转到了巩义窑陶瓷博物馆。小姐迎上来开讲，一屋子浓郁五彩的现代瓷，赶紧制止了小姐，请问博物馆在何处？是不是可以直接看博物馆？墙后终于闪出了真佛，馆长先生堂堂一张国字脸，汪着一双炯炯亮眼，亲自陪我进去看。

那是一个规模不大却极为浓郁的博物馆，密集着巩义窑和三彩窑的东西，隋的拙、唐的润，一应俱全。苦寻了那么久，那一刻，真有终于相见的安堵在心。

迎面满满几个玻璃柜子的残片，漫不经心散在那里，河南一省，好东西实在太多太多，这种碎片，根本无人屑一顾。馆长先生仔仔细细指点江山讲给我听，听了十分钟，忽然觉悟，原来，这是一个私人博物馆。我的爱讨东西的坏脾气立刻茂盛了起来，劈头跟认识才十分钟的馆长先生讲，那么，等下看完了，你是不是送我点什么呢？馆长先生铿锵答，没问题，送你。中原汉子斩钉截铁，倒是轮到我瞠目了。

一对隋的武士俑，一个虎头帽一个鹰头帽，这种武士俑，鲜少分腿造型，亦鲜少如此完整的，十分响亮。

一组隋的女俑，清正端秀，比较少见。再看胖憨憨的唐女俑，就透着一股明显的胡气袅袅了。隋与唐的淋漓尽致，于这个小小的博物馆里，看得格外清楚。

立于巩义窑全景的沙盘前，听馆长先生讲，修237国道的时候，他还经常跑去现场，东西还不少，听得我深深惆怅，与馆长先生四目相对。巩义如今在全力恢复巩义窑西泗河两岸的原貌，前一日曾于黄昏之中，与友人驱车缓缓驶过岸边，一片拆迁之中的萧瑟。但愿，数年之后，可以重新到此，致敬祖先，致敬伟大的巩义古窑。

仔仔细细看完全部馆藏，问馆长先生是不是还有仓库，可不可以看看仓库。馆长先生看透我的心思，笑说仓库自然是有的，不过，我的脾气是最好的东西，都拿出来，不会藏在仓库里。一边讲，一边带我转到后面仓库，这三个箱子，你随便捡，送你。darling，那三个箱子里，全部是巩义古瓷碎片。捡了一枚九分完整的白瓷浅碗，请馆长先生帮我捡一样，馆长先生替我捡了一枚典型的古窑转变期残片，两个人斟酌着，一共捡了三件，取张花纸一裹，抱了在手里。

大约总是有点意犹未尽吧，抱着东西仍立在那里跟馆长先生闲话，无意之中说起，伊是

浮戏山

凉菜类(素菜类)

干炸藿香叶 ★	32元
土豆饼（干炸）	32元
蘸汁豆腐	32元
香椿豆腐 ★	28元
杏仁萝卜苗 ★	28元
凉拌苋菜	26元
老家咸什	26元
小豆芽粉条 ★	22元
凉拌夜来香	22元
野菜丸子	22元
蓝莓山药	48元
清约秋葵	38元
凉拌南瓜头	38元
凉拌丝瓜尖	38元
椒盐香菇	32元
洋葱木耳	26元
黄瓜变蛋	26元
粉蒸茼蒿	25元
麻酱面筋	22元
姜汁豆角	22元
橡子凉粉（时令）★	28元
凉拌水波菜（时令）★	28元
粉蒸白蒿（时令）★	28元
粉蒸榆钱（时令）★	26元
凉拌枸杞芽（时令）★	26元
粉蒸扫帚苗（时令）★	26元
粉蒸（凉拌）面条菜（时令）★	26元
凉拌蒲公英（时令）★	25元
凉拌马齿菜（时令）★	22元
凉拌槐花（时令）★	22元
凉拌红薯叶（时令）★	22元

凉菜类(肉菜类)

手撕野鸡	85元
五香牛肉（自制）★	78元
浮戏小虾	46元
椒盐羊排	88元
老醋海蜇头	68元
小香鱼	68元
带鱼段	68元
酱香猪尾	65元
红油肚丝	65元
卤猪蹄（自制）	65元
醋泡大肠	56元
干炸小鱼	45元

热菜类(素菜类)

花椒馍	48元
豆腐丸子（干炸）★	36元
软烧豆腐	32元
鸡蛋炒年转 ★	28元
萝卜丝粉条	28元
老家红烧肉	55元
铁板美味茄	38元
清炒丝瓜	38元
松子玉米	36元
广东菜心	36元
虾米茼蒿	36元
糖醋豆腐	36元
丝烧荷兰豆	36元
清炒南瓜	32元
蒜蓉丝瓜头	32元
炒红薯面条	28元
蒜蓉娃娃菜	28元
蒜蓉南瓜头	28元
酸辣土豆丝	28元
紫茄豆角	28元
烧梅豆板	28元
烧上海青	26元
酸辣小豆芽	22元

在新疆石河子生活了多年的，原来，伊父母是作为技术工人，支持边界去了新疆的。巩义曾经是我国辉煌灿烂不可一世的重要工业城市，拥有大量工业和大批技术工人，伊的祖父，是巩义兵工厂的技术工人。巩义还有兵工厂？我很白很白地问。馆长先生答，有，曾经是民国最重要的兵工厂，抗战时候的兵器，很多来自这个厂。

  那日看完，与友人转去了浮戏山，于山中午餐，一边等饭饭，一边学习菜单，干炸藿香叶，粉蒸榆钱，麻酱面筋，软烧豆腐，花椒馍，扣碗肘，槐花土鸡蛋，这些漂亮的字，字字句句叫人心荡神驰。那一餐，顶难忘，是一大盘热烫上桌的面饼，秀巧，香美，美好到无话可说。

之二

礼拜一的中午，于郑州奔赴一堂小宴。

主人家于日理万机的密集会议中，拨冗分身，匆匆而至。举杯之后，宾主迅速进入互查老家的环节。于河南行走，每到这一关键环节，我这个上海人，总是非常贫薄非常张口结舌。上海人之间，初见时刻，很少询问对方是上海哪一区的人士，一共就一个微小的上海，再层层分拆，几乎是没有可能的事情。而河南人一见面，除了密密举杯，必做的一件事，似乎就是询问对方老家是河南哪里，人们通常在举杯和辨认故乡之后，迅速升温感情，进入一种令外乡人无限羡慕的亲密境地。

那一日的主人家，是濮阳人士，在黄河大鲤鱼上桌之前，热烈地告诉我，武松打虎、孙二娘蒸人肉包子、阮氏三雄称王称霸，至少这三件雅俗共赏的民族大事情，都发生在他故乡的家门口。一边听，一边在肚子里温习水浒，很深邃的感慨是，darling，于河南频频行走，事先最好准备一点水浒以及三国知识，这片大地上，成排成行的风流儿女，一寸一寸的铮铮古战场，要是完全目不识丁，就深深无趣了。

那日饮宴之间，另一个豫味盎然的话题，是发源于河南的陈氏太极拳。主人家前中年男，眼神精悍俊逸，据说精力弥满，旺盛得拔

群。人家自承,是操习了两年陈氏太极拳的成果,我在心里啧啧不已。主人家慷慨,想学太极拳的话,介绍顶级高手教导你,这种东西,不是顶级高手,就不必学他了。人间的诱惑来得如此迅猛,让我再一次的目瞪口呆。

旅途之中,几乎每一天,都忙着目瞪口呆以及心惊肉跳,那些密密麻麻的惊艳,让人眼花缭乱。好了,细细思考一下,如何频频奔赴郑州,把陈氏太极拳精髓,学一点在身上,这是当晚熄灯之前留给自己的深思功课。

午宴之后,友人相陪,驱车离开郑州,半个多小时之后,车子拐入一条泥路,泥路崎岖并且细窄，堵着一部大车，刚刚开始在卸货，一车的草席草卷。我们就这里下车吧，等农人们卸完车，天都黑了。友人讲。

下车埋头往里走，三分钟之后，跟着友人，跳进了遗迹发掘的土坑里。荒漠的黄土坑道，合纵连横，觉得自己瞬间升华成了坑里的兵马俑。

现场负责考古发掘工作的专家张吉钦先生，亲自陪着我走，给我讲解。这才知道，darling，此地，我站的这一片遗迹，原来，是5000年历史的仰韶后期，双槐树遗址。规模惊人的一片遗址，防范重重的一座精致古城，被猜测，很可能的很可能，是黄帝的故城。理论上的论证已经充足，考古人员目前殚精竭虑的，是希望在遗址现场，寻找到证据。

于双槐树发掘的一枚野猪牙雕刻的玉蚕，只看到照片，原物已经收入国宝库内。丝绸之路的起源，赫赫铁证，确实是意义深远的国宝一枚。

黄昏之前，张先生领我到观景台上，瞭望四周。黄河在前，群山在后，龙头龙尾，全须全脉，那种历历在目，气象之雄浑壮健，令人震动。

黄帝故城，是不是真的就在这里？现场考古学家们的勃勃野心，但愿有一天，能落实。无论如何，致敬张先生这样，长期餐风露宿，献身于田野考古的专家们。一件简单的棉衣，一双耐走的鞋，满面风霜，以及一腔的热血。

少年读书时，曾经的梦想之一，是报考考古专业。当年，被各种力量劝阻，最具体的一条劝阻，是以体重不足45公斤的资质，根本不

可能投入田野考古工作。年少时候断了的梦，这些年慢慢拣回来，爱古爱旧爱苍秀，好像是长在了血液里的趣味。有意思的是，包子亦是个爱古爱旧的小人，前些日子陪我在苏格兰晃，爱丁堡、邓迪这些古城里，包子对城中的旧书店旧唱片铺，熟门熟路，一一陪我晃遍。跟包子叹，我是三十四十，才开始懂得古旧的好，你怎么十几岁，就爱上这些老东西了？以后要怎么办呢？

告别双槐树，继续努力赶路，暮色将至未至之际，匆匆赶到永定陵。一下车，一襟晚照，夜风飒然。萧瑟之中，赶紧拿大围巾把自己裹得严密。那是一个清寒的景点，跟友人赞叹，游陵墓，黄昏是最佳时刻。友人朝我大翻白眼，你敢不敢夜里来这里？知道吗？我们的工作，每个礼拜都要在午夜巡查这些地方，防止文物被盗。每次午夜里来，都怕个半死。

巩义拥有巨大的北宋皇陵群，帝后将相之陵墓，多达300余座。北宋一共九位皇帝，除了被金人掳去、死于漠外的徽、钦二帝，其他七位皇帝，再加赵匡胤的父亲，一共七帝八陵，悉数都在巩义。

而永定陵，至今并未发掘，最有看头，是陵前的石刻，非常完整，用友人的话讲，头都是全的。果然，暮色苍茫中，两排巨幅石刻，巍峨深沉，绵绵不绝，那种天地呼应、怆然涕下的雄浑意境，究竟是千金难遇的片刻。

永定陵是宋真宗的陵墓，此帝的三位皇后之墓，至今还没有围进来，仍在外边农村里。友人如此轻松谈笑，他们都见惯不怪，惟我一个外人，在凛冽夜风里，长吁短叹。

归途中，友人讲，请他们把仓库开了给你看一眼。立刻，就忘记了冷风峻刻，雀跃起来。

捧了钥匙来，旋转久久，终于打开了库房，友人讲，里面也就是一些石刻，比外面的小一号，缺胳膊断腿之类，并无多少看头。

进去瞭望一眼，确实如此，拍了两张照片，缓缓转一个圈子。

而惊艳一刻，终于降临。库房一壁，一幅完美无缺的蔡京碑，嵌在墙壁上，整幅碑，美到止语，美极、美极、美极。蔡京此碑，腴美，秀逸，气韵荡荡，风神朗朗，显然是在心

情极佳的时刻，一挥而就之作，简直堪称完美。再也想不到，跋涉一日，从仰韶遗址，到北宋皇陵，从崎岖泥路，到瑟瑟晚风，最后，竟然邂逅一幅如此美到巅峰的杰作。在征得工作人员的准许之后，我几乎，把每一个字，都细细抚摸了一遍。

而陪伴的友人们，一一枯立在旁，冷得小颤抖。没想到，你这么喜欢这种东西。呵呵。连那个笑，都是饥寒交迫的。

夜里仓皇回到旅舍，大堂里人头济济热气蒸腾，大字写着，赵氏宗亲祭拜赵匡胤永昌陵纪念活动报名处。

河南的肥厚深沉，宛如十三香，浓郁，家常，芬芳无尽。

之三

阴霾密布的周末闲时,于我的"太太党人读者群"里,跟世界各地诸位亲爱读者,做了一次小小民调。请问各位读者,是不是知道河南有温泉?结果是,除了两位河南读者,几乎无人知道这件美好的小事情。

通常的意识里,白相河南么,龙门石窟、嵩山少林、焦作云台山、安阳殷墟,便差不多了。饮食上面,无非河南烩面、开封灌汤包、胡辣汤以及鲤鱼焙面。上述这些,统统走一遍吃一遍,就算玩得很好很透彻了。等我在河南比较仔细地走了一个小角落之后,才猛烈地发现,河南是个深不可测的无底洞,好玩好看好吃,不胜枚举。中原大地饮食之丰饶,物产之繁盛以及五千年历史的惊人厚积,实在是一言难尽的。

举例说明。

因为我闹着要去禹州看钧瓷,这个离开郑州仅80公里的古城,是钧窑窑址的所在地,于千难万难的日程安排之后,终于兴师动众地去了。一下高速公路,车子缓缓驶入禹州城里,迎面一幅巨墙,上书夏都、钧都、药都。

夏都,我国第一个奴隶制王朝,夏朝,是在此地建的都;

钧都,官哥汝定钧,代表我国最高陶瓷

水平的五大官窑，其中之一的钧窑，窑址在此地；

　　药都，自春秋战国时代开始，神医扁鹊、医圣张仲景、药王孙思邈，都在此地采药制药著书，从明朝起，禹州就是我国重要的中药材集散地。

　　原本只是来看钧窑的，这就一下子广阔了心智和眼界，震惊是不用说的。

　　等看完钧窑的博物馆，坐下来吃午饭，当地友人忽然跟我说，darling你这么喜欢老东西，下次来禹州，捡个礼拜二来吧。每个礼拜二，这里有古物集市，很多人是带着麻袋来逛的，一年四季有。我听得筷子落到了地上，举手痴痴地问，有没有古书线装书？友人答，有，有散本的，也有一箱一箱的，你要自己去挑。或者，darling要不要这次就把机票改签了，留下来，等到礼拜二？几句话，翻腾得我心潮澎湃个半死。

夜里在微信上问上海老友，淘了半辈子古董、走遍世界的老懂经，知不知道禹州有个每礼拜开张的古物集市，老友惨淡答：不知。

好吧，下一次到禹州，拣个周末到，去看人家开窑，一般开窑都在周末；然后礼拜二晃古物集市；再要去拜访老药工，看老药工那些炮制药材的经典古法，等这些老药工死了，想看也看不到了。以及，禹州有一间极赞的民宿，歌璞，这一次没有来得及住一住。

如禹州这样一言难尽的古城，于河南，似乎遍地都是的说。

去河南之前，于苏格兰小城St. Andrews小住了三星期，小城起居清简淡白，每日于海滩以及森林，一个人，散尽无穷的步，大把光阴，浪掷于各色旧书铺和新书店，火炉，伯爵茶，正确的古典音乐，滔滔不绝的主人家，让我身心俱安。某日的流连中，看到一本饮食书，Laura Sapio女士，美国著名的饮食记者、烹饪史专家，于2017年7月出版的一本著作，《她之食：六位杰出女子的饮食及其故事》，简单来讲，全书写的，是这样一条真理：食如其人。书是好看得难以释卷。

第一位女子，是Dorothy Wordsworth，英国湖畔诗人华兹华斯的妹妹。第二位女子，是Rosa Lewis，英国女厨王，伦敦名店卡文迪什饭店的老板。12岁起，从帮佣开始入厨，历经一切沧桑。她曾经是英国前首相丘吉尔母亲的家厨，丘吉尔就是吃她煮的饭菜长大的。再一位女子，是希特勒的长年情人、后来成为妻子的Eva Braun，据作者研究，世上只有三件

事对于Eva是重要的，深爱素食主义者希特勒、香槟、她自己迷人的身材。

很奇异的，这一趟于河南的旅途中，不绝如缕地、再三再四地想起这本远在苏格兰看到的书。河南一省，各地各处，花团锦簇的物产与饮食，刺激我不断思考饮食与人文这件事情。

某个阴霾的午后，驱车飞奔在荥阳，友人们带我去看虎牢关。车子忽然停在中途，原来是友人请人送了箱东西来我们车上。接过箱子，我们继续飞奔。友人讲，请你吃个东西，恐怕你不见得吃过。顺手递过来一枚巨大的石榴。身旁的文物局局长取一柄解腕小刀，开石榴给我。darling，这个是，张骞出使西域，于伊朗携回的软籽石榴，以河南荥阳产的一等佳美，称河阴软籽石榴。文物局局长一枚巍峨中原老男人，开起石榴来，秀巧漂亮，叹为观止。正当季的石榴,一开出来,华美如红宝石,俊美至极。接过手来,于飞车的颠簸中,吃得满手汁水淋漓,文物局局长捧着湿纸巾叮嘱,仔细不要吃到衣服上,难洗。石榴皮是极好的染料,染军服那种黄。再一个作用,是驱虫的药材,从前都是晒干了,运去塞外,游牧民族用来煎水饮,驱虫良品。人生有个专家老男人在身旁,比百度还百度,真是补。夜里查了一下,这种河阴软籽石榴,有几个名字,其中一个,叫"魁货",真真过目难忘抖擞极了。

  某个饭桌子上,旧雨新知无数,其中一枚新友,是开封人士,三句两句,讲到开封的物产,手工制酱,至今不变。立刻举手申请,下次可不可以带我去看手工制酱呢?人家讲,可以,我请老母亲拿那个酱,煮顿饭饭给你吃。开封的这个酱,奇异在于,是拿西瓜制的。开封自古出沙瓤西瓜,当地人拿西瓜与大豆,制甜面酱,称西瓜酱。如此健康食物,善用当地食材,乡愁一样的美酱,几乎是催人泪下的饮食,有没有一首歌,颂唱一下这种食物的呢?我是当真好奇。

  登封,这两个字,于河南以外的人看来,大多是跟少林寺连在一起,而在河南里面行走,关于登封的固定词语,似乎绝对是登封烧饼。几乎每一次,在街头看见登封烧饼的铺子,我都馋得意乱神迷。那是何等美貌何等迷人的面食啊,寸把厚的烧饼,仅仅面粉与白芝麻而已,烘得香而且酥,比黄油沉重的可颂牛角面包,高明得太多了。比锅盔芝麻酱烧饼白吉馍,都要来得堂皇。万恶的是,几乎每

次看见登封烧饼的关键时刻，都是我饱得不能再饱的糟糕时段，一次又一次眼睁睁地擦肩而过，让这个烧饼，在我的心里，渐渐变成一种饮恨。嗯嗯，下一次的下一次，务必要严阵以待，准备好一幅十全十美的空肚子，专程飞奔一趟登封，为烧饼、为烧饼，是的，为烧饼。

某个深夜，不知为何，跟我在郑州的家长，万安，谈闲天，谈到了麻花这种零嘴。家长是大律师，平日里面无人色凶得吓死坏人，那晚谈到麻花，家长立刻七情上面手舞足蹈不能自已，麻花啊，当然是她故乡河南永城的贡麻花宇宙第一名啊，天津大麻花算什么呢？勉强第二名吧。据家长演说，这个麻花，乾隆年间成为贡品，吃着香酥脆，点燃亮似灯，落地碎无整，遇水软而松。第二天，家长就从永城订了一箱子麻花快递到上海，并且叮嘱我，务必记得带去英国给包子吃一吃。我以为是一个小箱子，货到，结果是惊人的一个货柜。家长办事的尺寸，一向有点惊涛骇浪。而那个贡麻花，真是好吃，比洋人的土豆片有意思多了。夜里在枕上看闲书，看饿了，去货柜拆一包麻花，香酥得无法停嘴。第二天晨起，看看枕边一片的麻花碎屑，无端飙升的体重，心里是怨极了家长。

Laura Sapio的著作《她之食：六位杰出女子的饮食及其故事》，写到的另外三位杰出女子，分别是：罗斯福总统的夫人Eleanor Roosevelt，这位美国历史上惟一一位做过长达12年第一夫人的杰出女子，深深厌恶家务琐事，每日最多花费15分钟在这类事情上。当她发觉她那位热爱美食的总统丈夫，背着她出轨，便开始使用劣质厨师整改丈夫的饮食，以示惩罚。据说，罗斯福先生毕生最爱的美食，是牡蛎与香槟。

英国女小说家Barbara Pym，是书中写到的又一位杰出女子，此人不厌其烦地，在她的小说里，描写食品与饮品。至今没有读过这位小说家的作品，非常想读一下。

最后一位，是Helen Gurley Brown，做

过32年世界顶级时尚杂志的主编，著名的美剧《欲望都市》，就是根据她的故事改编的。

美国女作家的一本以人物观察饮食的著作，读得我津津有味。而于河南行走，一路以饮食观察人文，亦让我唇齿留香。豫味，够写三卷长篇的。

最后呼应一下本节开头，河南的温泉，集中于许昌一地，古战场上的温泉汹涌，是不是让人热血沸腾？

嗯嗯，下一次，去许昌。

之四

往河南的旅途中,随身携了两册书,一册藤泽周平的《蝉时雨》,一册纪德的《旅行笔记》。纪德1947年得了诺贝尔文学奖;藤泽周平呼声高了半辈子,一直到70岁逝世,终究并没有得。

纪德的《刚果之行》写于1928年。这位才子是法国人,刚果曾是法国殖民地。

"你们去那里,是要干什么呢?"

"那,要到了那里,才会知道。"

旅途中,令人销魂的最高境界,无非惊喜二字。一趟没有惊喜、诸事按部就班的旅行,乏味干涩如陈年旧饼干,吃也不是,不吃也不是。

遇一些天外之人,见一点惊世骇俗,也许寂寞得发指,也许震动得泪如雨下,人生至为华丽的那些刹那永恒,似乎,都是毫无预兆地、忽然发生在旅途之中的。

于是,我的灵魂,是那么地不安于室,在路上,在路上,希望自己,始终有勇气,在路上。

自我暖场完毕,记录河南的几则惊喜如下。

某日午后,与友人一同晃去郑州的新区,吃茶然后吃晚饭,友人顺便拎着把银壶,带去

隔壁的茶铺，请茶铺的小姐帮忙养一养壶。

　　第一次踏进郑州的茶铺，放眼望去，铺子相当漂亮干净，尤其是格局豪大，出人意表。通常南方的茶铺，做的都是小生意，赚的不过是葱姜钱，空间都不会很辽阔，看着，就在心里哦了一声。不过呢，这种茶铺，有一股子难言的生涩，新贵的兵气，凛凛在四周，让人小小地，不寒而栗。与吃茶的暖热散逸，就有不小的气质距离。

　　细看茶具和茶壶，十分有意思的是，茶具统统是中国的，茶壶呢，铁壶与银壶，统统是日本的。连着看了附近两间茶铺，都是这个意思。这两种东西，搁在一起售卖，我真的不是那么习惯，没有想明白，事情为什么是这样的，慢慢再想也好。总要留点心事残屑，于无所事事的时刻，拿出来反刍咀嚼。

友人留下银壶，说饭后再过来取。我又举手提问了几次，问小姐如何擦银壶，用什么擦银水，有没有独家秘方，小姐被我烦得无法，取了擦银布来给我看，还热情赠送了我一枚香港进口的擦银布。家里一大堆欧洲抱回来的旧银器，常常为擦银器烦恼，所以，举手举得比较奋勇。

出来之后，问友人，于这种地方吃茶，收多少钱呢？友人白我一眼，吃茶不收钱，不过只有熟客才有茶吃。原来，人生处处都是讲究三六九的，有些，我喜欢；有些，我就很不喜欢。

吃茶和吃晚饭，是在一堂叫做茶水间的地方，其实是一家三层楼高的大型馆子。友人到了里面，坐下就埋头在手机上工作，我便独自去晃这个茶水间。全楼都是大小不一的房间，一层一层地转上去，脚下一溜的烛火明灭。小姐十分客气，逐间打开给我慢慢叹赏。令人十分吃惊的是，最大最贵的房间，一晚的最低消费指标，仅2000元人民币，我在心里啧啧了半

半天，这种房间，搁到上海任何地方，一晚上，收你一万绝对是非常人道非常客气的。渐渐看到，厅堂里，小屋内，陈设得不绝如缕的古物，稳静，安妥，十分之佳美。如此堂皇的馆子，摆一点高仿的古物，亦是很寻常的事情。然而，我渐渐觉得不太像是仿品，因为气韵太生动了，不像是能够仿得到的水准。忍不住问小姐，这些，是真的假的？年轻的小姐态度轻松淡白、口气无法无天，答，真的呀，我们老板自己的东西呀。我一听，真的有毛发直竖的惊异，这个级别的古物，如此密密麻麻、随随便便陈列在饭馆子里，实在是，darling，我只能说，实在是，太豫深沉了。

那一晚，吃的什么饭，讲的什么闲话，真的十分微茫了，惟此地满堂惊人的陈设，让我心惊肉跳至今。若是长居郑州，我想，我大概会每个礼拜为这些摆设，奔来此地，默默饮一泡茶。世界上任何一个博物馆，任何一堂餐风露宿的北魏石窟，绝不可能让你依偎在旁，饮茶看闲书跟密友腻着拌嘴。远古的冷物石雕，成了屋里茶旁的家人，这种不可言说的缠绵悱恻，人间绝对是鲜有的。

茶水间，在上海人的日常用语里，指的，是一间鄙陋的、煮大锅开水、泡大杯粗茶的偏僻小屋子，而此地，翻天覆地了一下，令我有霹雳之惊。

纪德于1928年8月6日的旅行笔记中，写着这样一句：

在利伯维尔，这迷人的地方。

我在这句句子跟前，驻足久久，多么美的句子，写尽旅途的悲欣交集。

到了河南，句子改写成：

在巩义，这迷人的地方。

夜里，巩义的友人来旅舍接我去吃晚饭，一路走过，友人不断地在路上与各路熟人打招呼，三步一个五步一个，我跟在旁边呵呵不止，darling城中名流哈，走马路跟走红毯似的。友人银行家不苟言笑一脸面僵。落座不久，我就开始举手问问题，听说巩义有兵工厂？友人铿锵答，有。想看啊？明天带你去。

第二天上午，友人视察完银行公务，驱车带我去兵工厂。仿佛是略略出了一点城，四周景物浅浅荒疏起来，转了一会儿，于一个小院落门口，跳下了车。抬头一望，门庭依稀，小小眼熟，是在哪里见过吗？怎么可能呢？难道我前世来过此地？巩县兵工厂旧址，清清白白

写在那里。

　　管理人员迎出来，此地根本不是一个景点，展示的一点点纸本资料，已经漫漶得难以阅读，立在小小的门庭内，团团转了一圈又一圈，有一种不知从何说起的惶惑。

　　巩县兵工厂于1915年由袁世凯下令建造，选址巩义，是因为此地一向是中原要塞、兵家必争之地，居于陇海线上，而且四周矿藏丰硕，冶铁技术一流。兵工厂的设备和技术，大部分来自德国，资金是跟丹麦借的巨款，规模是惊人的，水平亦是先进得惊人。居然有一条铁路，直接通到兵工厂地下仓库，当年的铁路，百年老物，至今仍在用。

　　军阀混战期间，每一位军阀都对巩义这个兵工厂虎视眈眈。1916年是段祺瑞，1920年是吴佩孚，之后冯玉祥、张学良，都控制过巩县兵工厂，直至1930年，这间举足轻重的兵工厂，归属蒋中正及其民国政府。

　　巩县兵工厂最厉害的出品兵器，一件是步

枪，原型是德国的M1924步枪，1934年，蒋中正与夫人宋美龄视察这个兵工厂之后，对这种步枪提了一些改进意见。新制成的步枪，就是后来著名的中正步枪，这个步枪，在世界兵器竞赛中，获得过第一名，性能超越德国步枪。抗战期间，全国制造的中正步枪，达50万件之巨，一直到抗美援朝，我军仍在使用，是不折不扣的一代名枪。据说，当年为了制造这个中正步枪，巩义附近的山上，所有的核桃树都砍光了，核桃木是制枪托的良材。听到这里，我的眼泪忍了又忍，差一点落下来。

这里出产的另一件名兵器，是德国的M24手榴弹，经过巩县兵工厂的改造，成为巩式手榴弹。抗战期间，不完全统计，至少生产过3000万枚这种手榴弹。不知道如今风靡的抗战电视剧里，是不是还看得到这种手榴弹。

管理人员兴致很好，大约平日里难得有人跑来参观，热情带我们观看，指着院落里的小门，讲，这里以前是兵工厂的招待所，张学良在这个屋子里，住过一个月。那边那个水塔，现在还在用，是德国人造的，日本人来轰炸兵工厂很多次，就是这个水塔，他们不炸，留着

做定位路标的。当年还有汉奸，专门爬上水塔去放气球，帮助日本人轰炸。等等。

往事并不如烟，物证历历，岁月绵绵，沧海能不能一笑而过呢？乱世里，最不值钱的，就是人命了。

管理人员十分周到地递了一个很大的手电筒给我们，打开灯，让我们自己去地下室。这个兵工厂，于2003年，意外发现，有一个巨型的地下室，大到何等程度呢？直线距离有6公里，总长度有31公里。那难忘的一日，三位巩义汉子陪着我，持一把手电筒，在这个端肃的巨大地下室里，行行复行行，完全是望不到头的绵绵无尽，走到后来，三枚汉子无不心惊，他们竟亦是第一次跑来此地，担心会不会就此迷路在地下室内。印象最深刻，是银行家友人一身笔挺的西装革履，步履霍霍于荒凉而肃穆的地下室内，那种岁月的分裂，让我胸闷极了。

2003年发现了这个不可思议的地下室之

后，经历了专家的反复思考研究，因为飞机是发明于1903年的，巩县兵工厂开建的1915年，还少有飞机轰炸这件事情，亦就没有防空洞这件事情。花费巨资建造的这个地下室，据专家讲，最初目的，是为了兵器的保密。抗战开始之后，此地频频遭受轰炸，地下室确实成了防空洞。万名职工，于五分钟之内，可以全部从地面进入地下室。这种惊人的管理水准，太匪夷所思。建有39个出口的地下室，当年还有发电机、水井，俨然自成一体。

巩县兵工厂于1937年11月开始，为避日军轰炸，逐渐搬迁至四川、湖北、湖南等地，此地就此荒疏，至今。最终，于1950年，搬迁至台湾高雄，至今在高雄仍有这间兵工厂的余脉。我当时一下车恍惚不已的面熟陌生，原来并不奇怪，这种门庭，今日的台北街头，遍地都是，所谓民国风。

兵工厂留下的大批技术工人，成为巩义的宝贵人力资源，1949年以后，有力支撑巩义，以工业城市之名，威震海内。

讲来讲去，人，总是焦点。天地有限，人，以及人心，无限。

午后，巩义友人送我往荥阳，接力一般，把我交给荥阳的友人们。

车中，问身旁友人，昨夜唱给我听的那一支曲剧，叫什么名字呢？

友人目视前路，一脸面僵地答，《小苍娃我离了登封小县》。

小苍娃我离了登封小县
一路上我受尽饥饿熬煎

二解差好比那牛头马面
他和我一说话就把那脸翻
在路上我只把嫂嫂埋怨
为弟我起解时你在哪边
小金哥和玉妮难得相见
叔侄们再不能一块去玩
再不能中岳庙里把戏看
再不能少林寺里看打拳
再不能摘酸枣把嵩山上
再不能摸螃蟹到黑龙潭
问解差离洛阳还有多远哪
顷刻间我要进鬼门关
我实在不愿再往前赶
能耽误一天　我多活一天

巩义，是一枚给了我一个又一个良宵的古城，奇妙不足与君说。

之五

　　十月中的苏格兰，已是华丽深邃的晚秋景致。St.Andrews小城，一座始于1413年的大学城，于马滑霜浓的清寒里，亦古亦新地，芬芳着青春学子的妩媚活泼。于这座古城里，小住了几个星期，与世界各地的大学生们同起居共进退，让我仿佛重回大学时光，感慨万千。

　　学生宿舍的小楼内，公用的厨房，成为首屈一指的社交空间，几乎每一天，这里都是24小时的鲜活热烈，浓丽的爵士，以及纯朴的民谣，暖融融地弥漫，人来人往，络绎不绝。这些永远饥饿的旺盛孩子们，流水席一般，你来我往地饮食着，人人冲进屋直奔灶台，从锅里盛一碗不知哪里来也不知哪里去的热食，也许是豆子汤，也许是土豆泥，或者是藜麦饭，或者是红豆年糕汤。一边吃一边与同学们嬉戏，谈一下难民谈一下东西方谈一下某一首歌谈一下禅修瑜伽。某人携一瓶果汁来，某人带一个盒饭走，亦不知是谁，买了一盒子面包来，盒盖上贴一枚纸条：please eat me，请吃了我。完全是，共产的生活方式。每一个大学生，人人风神凛凛，桀骜不驯，从衣着到思想，件件弹眼落睛，没有一张脸雷同，没有一帧背景相似，将我从千人一面的平庸红尘里，活生生地救赎出来，刺激极了。

惟一的共同特点，是这些大学生，全部吃素，而且是全素，蛋和奶，都完全不碰。

某日，给学生们做一餐饭，两锅大锅菜。一大锅酸菜炖粉条，一大锅四喜烤麸。红薯粉条和烤麸干，万里迢迢，亲手亲脚，从我国带去苏格兰。十来个世界孩子，热气腾腾将两锅大锅菜一扫而空，几乎人人吃得热泪盈眶，告诉我，这是他们一生吃过的、最美味的素食。这些孩子，来自芬兰、摩洛哥、丹麦、美国、法国、比利时、英国等地，他们惊奇地问我，烤麸是什么东西，粉条真的是从红薯变过来的吗，红薯做的粉条为什么是不甜的，等等。

巧的是，这一日的红薯粉条和烤麸干，都是河南的特产。烤麸干，在河南，称面筋，炼制自小麦面粉。红薯和小麦，原是中原大地最显赫的乡土出品。红薯粉条和面筋，是河南人民世世代代的乡愁食物，换一个角度来思考，亦是当今世界，最时髦、最优雅、最崭新、最健康、最环保友善、最完美理想的素食原料。

darling，所以我们要不辞辛苦地去远方，从远方，换一个视角，我们终于看清了自己，看清了世界。

顺便说一句，跟这样的大学比，那些学生，那些老师，那些课程，那些富丽堂皇动辄有五百年的教室与图书馆，我小时候读过的复旦大学，完全就是希望小学了。darling，我没有夸张，亦没有煽情，这是，很不幸，这是事实。

更巧的是，红薯粉条，全中国、全河南，最主要的产地，在禹州。我来禹州，原本是为了朝拜辉煌的钧窑的，到了当地看完钧窑，却跟友人讲，可不可以，让我看看红薯粉条是怎么做的？友人大感意外，赶紧埋头打电话联络安排。那一日在禹州，我们看完了钧窑，晃过了神垕古街，赶在黄昏之前，奔到了盛田农业，以满足我深入了解红薯粉条的心。

于盛田的院子里，一落车，有一片小小的竹林子，黄昏里，异常轰然的鸟鸣，不绝如缕，如置身原始森林一般，让人惊异极了。这是什么世外桃源，忽然有这么一片迷你的天堂。立在那里团团转，便有一只喜鹊，旁若无人地站到了人群里的楼梯扶手上，一副睥睨众

生的神气活现，根本不把贴着它脸蛋拍照片的众手机们放在眼里。五分钟后，董事长太太匆匆赶到，拍拍喜鹊小脑袋，它有一天自己就飞来了，我们就养着它，现在就成了这样子，经常我们检查工作、开会、接待客人，它就停在我头顶上。

真的是，林子好了，鸟儿自己就来了。

董事长太太很魁梧，过来就搂着我肩膀，跟老鹰捉小鸡似的，带我去她们的车间。透过玻璃窗，观看流水线和包装车间，全部是无菌作业，雪白得跟手术间似的。我举了一百次手，问了两百个问题。盛田长年做红薯粉条加工，产品精致地道，一丝不苟，一向是当地政府的省礼必选。如今，盛田的重要新产品，鲜粉条，区别于传统的干粉条，最快熟的一种，入滚水，59秒就可以吃了。最最重要，是他家在技术上有独家突破，完全没有任何添加剂，粉条不碎不断。据说，完全没有添加剂的粉条，他家是世界惟一。所以，盛田的粉条如今通过了美国和英国的食品检验，出口到英美两国。

原来，从红薯到红薯粉条，工艺复杂得吓死人，所有跟我一起观看全篇幅生产介绍的禹州当地人，人人跟我一样咋舌不已，从清洗红薯到多次磨浆、过滤、阴干、再晒干，几晒几干，十八道工序，无限体力和耐心。无比佩服祖先，竟有这样的聪明智慧、繁复手段，就为了吃一口好吃的，实在是，太不可思议了。

最后一个疑问，红薯粉条为什么不是甜的呢？据盛田告诉，霜降之前的红薯，不甜；霜降之后的红薯，就甜了。制粉条，必须取霜降之前的红薯，盛田的红薯，都出自自己田里。

董事长太太气质深沉魁伟，一再讲，感恩百年不遇的火锅热，让我们盛田生意红火。我国著名的火锅连锁店，比如海底捞，小天鹅，用的粉条，都来自盛田出品。

夜里，看完红薯变成粉条的民族秘密，董事长太太请我们吃小火锅，席上除了盛田的各色粉条，特别提一句，那种紫薯制成的鲜粉

条，入水一滚再滚，粉紫嫣然，宛如娇娇小玉，让人完全忘却伊的前生，是土不堪言的一枚薯。席上还有盛田的豆腐皮，金黄软糯，豆香馥郁。董事长太太讲，我们家的豆腐皮，都是顶缸头层，最多取三层，绝不再取，怎么会不好吃？

未能免俗，于水深火热之中，跟董事长太太互扫微信，扫出来的芳名，叫做李伟侠，让我啧啧不已。中原女子，厉害。顺便说一句，当晚我身边坐的另一位女子，芳名叫作吴验兵，她说，去出差开会，常常是，直接把她安排到男宿舍去了。

于这间盛田，还看见一种闻所未闻见所未见的东西，秋葵籽油，大拇指那么一小瓶，打开来抹了一滴在手背，细腻至极。当时匆匆，没有来得及提问学习，下次吧。

开一笔小差。darling读者们一直跟我讲，闲笔最好看，鼓励我随时开小差，那么我就随性开一个。

不知是我交往水准太高，还是中原人确实有神貌，于河南行走，低头抬头，频频看见相貌堂堂的男人们。

某日赴出版社晚宴，那日白天于兵工厂、虎牢关、霸王城，脚不点地奔走得风尘仆仆，看的东西很多，心情亦起起落落十分复杂，一进门，温暖干净，明朗无比。蓦然一惊的是，宴席上，右手出版集团董事总编辑，一位中原版的小泽征尔，堂堂坐在那里，一见面，没有寒暄啰嗦，默默递给我一册书，送你。低头一看，是薄薄一本研究专著，刚刚出版，墨香犹存，略略一翻，纵横四海，心里叹一句不得了。左手出版社社长，瘦削版高仓健一枚，寡默不语，黑苍苍的，青铜质地的男人，刚好穿一身暗绿风衣，就更加酷似青铜不已。再一枚文物局局长，一头乱发像煞贝多芬，言语举止却像狂男嵇康，然而此男，却偏偏开得一手秀逸石榴，滴水不漏，婉转极了，简直有并刀如水，吴盐胜雪，纤手破新橙的旖旎，令人万分错乱。刚巧那晚是我生日，"嵇康"给我一碗卧了鸡蛋的长寿面面，那面只我一人独有，面面端上来，身旁一语不发的中原高仓健，两次转头低声叮嘱我，尝尝就好，不要多吃，等下有更好的手工面面。铿锵体贴，中原味十足。

小差开完，回过来写一次神遇。

还是在巩义，天色暗尽的夜，仍在车上奔驰。旅途劳顿的积累，让我那一晚疲乏极了，浑身疼痛难当，百忍再忍，终于忍不住开口，

请司机于途中帮忙买了一点止痛片，期待等坐下吃晚饭时，第一口，准备吃一片药药抗击疼痛。

车停在一个漆黑的大院子内，跳下来一看，几乎是在旷野里，迎面一排老宅子，夜色里气势如虹，排山倒海而至。呆一呆，没有想到旷野里，会有如此大宅子，而且收拾得如此威仪堂堂如拉德斯基进行曲。老板是女子，挺拔得惊人，拿我当省长一样隆重地迎入去。

说了几句，才知道，这个大宅子，是拿老窑洞改建的，怪不得滋味如此地好。一入洞，轰然一股浓浓酒香，劈面而至。我于白酒，半辈子，是滴酒不沾的，此时此刻，却觉得那个酒香，妙不可言，醇酽、水米、深藏、长日永昼。不顾身旁众人大步在往宅子深处走，我一个人停住了脚，立在那里深呼吸，尽管那个时候，我其实浑身疼痛得无法可想，浑然的酒香，还是一剑封喉地击中了我。

原来，此地是一间茅台酒庄，茅台成义酒庄，深藏大量茅台封缸，老式窑洞，据说于茅台的贮藏深发酵，最是相宜不过。

看完整个酒庄，坐下晚餐。主人家打开茅台，手法飘逸地醒酒给我们看，酒色如青玉，酒花绵密均匀，确实是，满室生辉，香极了。从前，听嗜酒的友人说起过，任何凉拌菜，上桌之前，滴两滴茅台，滋味立刻升华，境界妙不可言。当时当八卦听，如今，我是信了。

众人开始举杯，我开始剥止痛片。酒庄女主人坐我身旁，不知如何，牵讲起了星座，这位神人一般的笔挺女老板，忽然说，她是天蝎座。我忘了头痛，问，生日是哪一天呢？女老板讲，11月14日。我放下止痛药，十分本能地伸手抱了她一抱，蝎子们抱一个，同月同日生，再抱一个。奇异的是，从那一个刹那起，我的浑身疼痛，忽然烟消云散，滴酒不沾的女人，居然举起面前的茅台，一饮而尽。有一些气场，有一些遇见，实在是诡异不可说的。等我与这位巩义的天蝎妹妹，举杯饮过三杯茅

台，右手边的男友缓缓举手，一丝不苟地告诉道，不好意思，我也是天蝎。darling，这一来，变成三只雌雄蝎子，排排坐，饮茅台了。平生所遇，没有比那一夜，更雄伟壮观的了。天下蝎子，本来就少，一个桌子上，连坐三只天南地北的蝎子，真是匪夷所思。

那一晚，一粒止痛药未吃，精神抖擞地，饮了六七杯茅台，旧雨新知们得知，没人相信，那会是我干的。连我自己，都不信。

再写一笔心愿。

很希望，能有一年，去中原大地，吃一餐温美的秋膳。

霜降之前的红薯，当天里制成的新鲜粉条；

新收下的麦子，做的一碗烩面；

以及，新麦制得的面筋，新磨的白芝麻酱，凉拌的一个碟子。

第三章 摊开地图，飞出了一条龙

正月初八，于阴霾密布的上海启程，奔赴河南，去过下半个年。

吸引我的，是莽莽中原大地，至今犹存的盎然年景、年趣，以及年味，期盼于下半个年里，有一番纵情声色的吹花嚼蕊，企图让年，深邃至层次分明难以忘怀。

世界分成两个部分，消灭者和被消灭者。

英国当代最杰出的作家之一，佩内洛普·菲茨杰拉德说的。

懂得这句简单的真理，差不多花费了我半辈子的光阴年华，写出这句真理，想必亦耗费了佩内洛普不少于半辈子的才华。河南此行，最美妙，亦最微妙，是密密麻麻目睹了诸多古老文明之中，消灭者与被消灭者之间的模糊状态，被消灭者不屈不挠的慷慨奋争，消灭者傲慢无情的横行霸道，彼此之间的大战八百个回合，真真回肠荡气令人敛眉低回不已。最是于这种激烈拉锯的年代，让人看清楚，历史的狠，与历史的力，以及文明传承的筚路蓝缕。

而中原，如此雄挺，如梦中翻腾的滚龙，跃然眼前。千千万万年一脉相承的生气，依然肺腑滚烫，低头抬头，无一不美。

之一

　　落地郑州机场，有一个特殊的好，这座近年新建的机场，非常不错，格局与上海的浦东机场，几乎一模一样，一个恍惚，会怀疑自己有没有高空飞跃了90分钟。见到本次旅程的两位家长，李卉小姐和吴海军先生，河南旅游资讯网的总经理和总经理助理，两位家长将带领我行走这趟旅程。

　　一下飞机，便紧锣密鼓。当日，我们需要从郑州，兼程直奔鹤壁，为第二日的浚县社火。正月初九，是浚县社火的大日子，人山人海，清早八点就封路，以至于前一夜，务必宿于当地才行。郑州至鹤壁，飞车两个小时，抵达鹤壁的时候，暮色四合，华灯初上，鹤壁市内的街灯，温美极了，一路招展迤逦，年味深深。车子一个拐弯，鹤壁迎宾馆直面而来，宾馆排场华丽，气概惊人，委实吓了我一跳。离开上海，离开郑州，常常会为空间的浪掷，而震惊。寸土寸金的上海，处处狭窄逼仄，转不开身子，到鹤壁，遇个迎宾馆，就为空间的奢侈使用，震了一惊。我在车里哇哇叫，两位家长见惯不怪，腹中大约很是窃笑了一番，我猜。

　　鹤壁的旅游局局长张涛先生做东，请吃农家晚饭。张涛中年男，一脸孔安详笑意和蔼，

以主人家之姿，坐我身旁，落座第一句，深情跟我讲，啊，啊，原来你这么年轻，我还以为来一位老太太。darling，鹤壁就是这么迎接我的，让人悲欣交集的说。饭后，与张涛互扫微信，扫出来的微信名，鹤栖峭壁，啧啧啧啧，天下中年男，普遍一肚子的鬼才鬼气鬼门道，真不是白白成中年的。混熟一点了，不免跟局长先生翻白眼，什么叫"我还以为来一位老太太"啊？局长先生温存细致地答，我以为来一位琼瑶那样的老太太。

鹤壁，3000年历史的古都，《封神榜》故事的发源地，鹤壁之名，亦是因为当时的国君卫懿公，嗜鹤，于宫廷养鹤，一句"鹤栖南山峭壁"而得。此地荡荡3000年，名人辈出不一而足，最得我心的伟人，是荆轲。大丈夫，真英雄，青史留名，我喜欢。

当晚入梦之前，颇多私心杂念来回翻滚，比如，担心明日会不会落大雪，担心明日会不会酷冷到面无人色，而最深的担心，是明天即将看到的社火，会不会不够俗。担心那只无所不能无处不在的现代之手，把400年绵延至今的浚县社火，搅屎棍一般，搅成一台不伦不类的农村文艺汇演。一夜的忐忑不安，为一味纯粹的民俗，心乱跳。

之二

清晨的早餐桌前，遇见发丝井然、身材料峭、着一袭窈窕黑呢大衣的巩为民先生，家长介绍给我，是当地旅游局副局长，那样的身姿与衣着，于此时此刻，真真出类拔萃过目难忘。半个小时之后，在交谈中迅速翻查了巩先生三代，这位西北大学考古系1990年毕业的才子，离开学校三十年，依然一派书生容颜，不油不腻不邋遢，darling，这真的不是一件容易的事。

浚县，古称黎阳，位于太行山往华北平原过渡的地带，自古是中原著名的粮仓，有"黎阳收，顾九州"的美誉，让人想起南方的"苏杭熟，天下足"。而社火，是正月里，四方农民的狂欢嘉年华，一街或者一村，纷纷出一支戏，舞狮子，踩高跷，摇旱船，骑竹马，顶头灯，吹唢呐，扭秧歌，打腰鼓，等等，全部出自农民。浚县的社火，兴盛至极，有华北第一之称。

穿足棉衣，贴足暖宝宝，全副备战的姿态和心态，往当日社火之地的大伾山行。

大伾山不过135米海拔，却是卧虎藏龙之地，古迹森然林立，一一容后细说。当天头等大事，自然是社火。落车，已是骇人听闻的人山人海，冰冻寒天里，一支一支的农民们，着灿烂戏

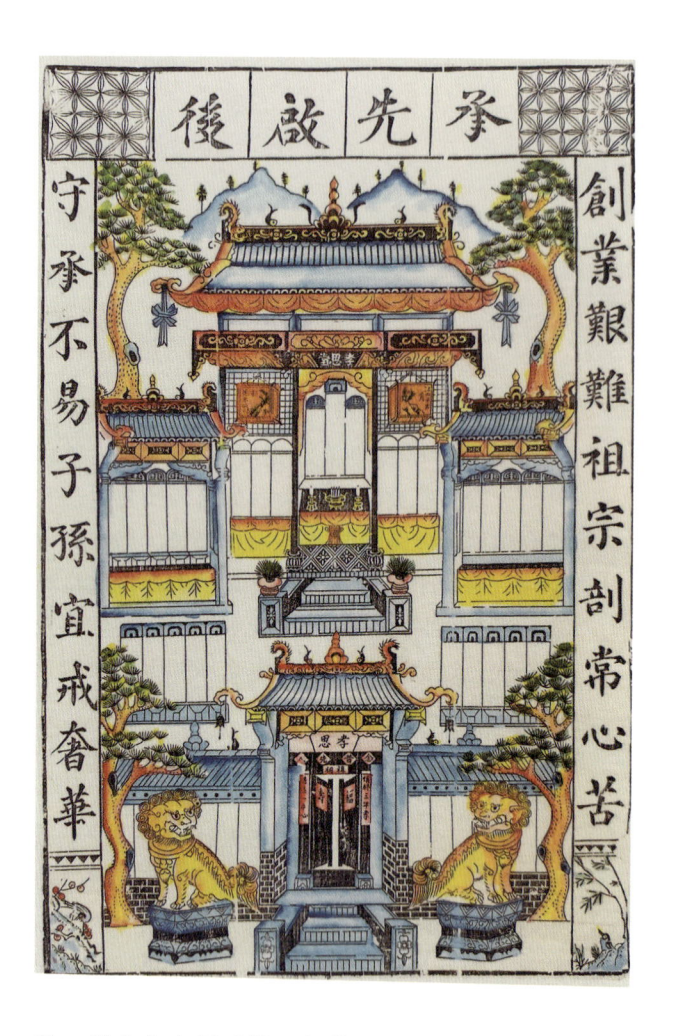

装，持各色奇异乐器，抬着尺寸不可置信的大鼓，浩荡而至。立刻站住了脚，贴着吹唢呐的老农，端详伊人沟壑纵横的容颜。那是极修极长的唢呐，有我一个臂膊伸开那么长，跟从前在长安画派的画里看到过的长唢呐一模一样，夸张至极。巩先生和两位家长谆谆催我前行，这还是在山脚下，我们必须尽快攀至山顶，于吕祖庙前，观赏社火一队一队迤逦而来，每一队社火，必先于庙前，拜过吕祖吕洞宾，才开始表演竞技。而我一路总是分心开小差，见一件，分心一下，真真寸步难行。街旁小摊子上，缤缤纷纷，摆了一台子的小泥塑，跟无锡惠山泥人，完全是两种气质，无锡的甜软柔腻，棉花糖一般；此地的厚拙灿烂，在陶俑和青铜之间。这种叫泥咕咕的玩意儿，于我，简直有直指人心的美，要不是家长们反复安慰我，看完社火，一定去看泥咕咕的村子，我大概会就此停下来，跟摊主聊上半个小时之类。

一路踽踽，攀至山顶，两侧维持秩序的警察无穷无尽，家长帮助我爬上吕祖庙前搭起的总指挥台，台上除了现场总指挥，主要是各路媒体各色设备。巩先生对于我的一再目瞪口呆，似乎十分满意，告诉我今天这种，还不算什么，落大雪的天，这些农民，依然踩着五尺高跷，铿锵做声地爬上山顶。上山饺子下山面，一年里最重要的一日，莫非今朝，等等。

第一队社火蜂拥而至，是一面尺码惊人的大鼓，无法想象，如此大鼓，农民们是怎么抬到山顶的，鼓声轰鸣，振聋发聩。咫尺之间，击鼓男人们的奋力、搏击、跃动、全神贯注、齐心一力、充满挑衅，让我瞬间泪涌。darling，这是我这一整年里，看过的，最性感的男人了，那种勃勃欲发，气厚而力透，真的迷人极了。中原的元气淋漓，一个民族的满血状态，没有比这，更正的正解了。而这种东西，惟有在现场，才能领略痛快至尽。

第二队社火，是舞龙，两条长龙，在年轻男孩子们手中，翻滚奔腾，奇异于这些男孩子，一半是戴着眼镜的，大约都还是读书郎。从前，据说，这种舞长龙，是村人们挑选察看婚姻对象的大好良机，英武、勤恳、勉力、厚

道的男孩子，一露面，就村红了。

　　接踵而至的，是踩高跷。成行成队的农民们，毅然立在跷上，着五彩戏服，果然浓丽艳美，说不尽的山河华丽。舞过各种步法之后，选出一名最俏丽的男子，立于跷上之跷，就是说，地下一个方阵的同伴，踩在跷上，托举起同样踩着跷的美男。耸立云间的美男，警惕着浑身的平衡，一边更是做出蝴蝶翻飞的媚姿，面上勾的俏丽五官，忽紧忽松，简直妩媚胜于周郎。而跷下同伴们无比齐心无比勉力，让你难以相信，这些是普通农民，而非训练有素的海军陆战队。

滚灯，是一对中年农民夫妇。男子头顶一盏油灯，于吕祖跟前，伏地三拜，保持头顶之灯火，依然不灭。冰寒的地上，看他翻滚身躯，举手投足，无不流畅漂亮，而且，这位农民，于众目睽睽之下，毫无慌张，从头至尾沉静自若，气概不凡，甚至还会朝着电视台的直播镜头，飞一个媚眼，看得我心惊肉跳魂飞魄散。这种滚灯，很多年前，于四川，看过川剧中的丑角戏，皮金滚灯，怕媳妇的皮金，回家被媳妇惩治，命头上油灯不得熄灭。丑角身手敏捷，戏带诙谐，是非常迷人的好戏。没有想到，多年之后的今天，于黄河岸边的古社火中，重遇。民间的怕媳妇，始终是红尘里，最有说头的一段永恒往事，不说则已，一说，就是地老天荒。

此地社火，还有一种非常特别的背阁，一名大人肩上立一个架子，架子上立一名幼儿，幼儿在上面舞蹈。架上的幼儿，最小的，才三岁；大一点的，也不过六岁。天极寒冻，怕孩子冻坏，一路行进途中，还会用一种叉子，叉上一些热食，给上面的孩子吃。

而天气是如此的酷冷，小雪飘飘停停，众人的手脚，早已失去知觉，电视台的摄像机，因为低温，根本开不了机器，我的手机电量亦于寒冷中飞速耗尽。巩先生不顾自己冻成非人，犹在身旁劝诱我，今日初九，还不是浚县社火最大的日子，要不要留下来小住几日，正

月十六，才是万众欢腾的狂欢社火。

箫鼓追随春社近，衣冠简朴古风存。

陆游的句子，多么好。

最有意思，是所有社火中的农民，尽管锣鼓喧天，唢呐齐鸣，场面火热至极，却几乎没有一个人，是有笑容的。人人一面孔的肃穆庄严，对山河，对岁月，对神明，以及对祖先。

之三

去看浚县社火的前夕，晚餐桌旁，与我们同行的河南电视台工作组，年轻的主持人问我，对明天的社火怎么看。跟伊推心置腹，darling，跟你们一样，希望亲眼看到活化石，希望被激动，被点燃，被汹涌澎湃地淹没。一边嘴里拿排比句有效地敷衍着对方，一边在心里炽热地想起，德拉克洛瓦曾经于1855年回忆，四十年之前，第一次看到席里柯即将完成的不朽名画，《美杜莎之筏》的反应：

它给我的震撼太大了。出了画室，我撒腿狂奔，像一个疯子似的，一直跑回我住的普朗士大街，那是在城郊圣热尔曼区的最顶头。

这一段话，那几日，一直在心脑之间盘桓不去。爱恨交织，爱天才们的不期而遇，恨今生今世无论如何是不是也邂逅一次两次这般等级的疯情。

而德拉克洛瓦说的，究竟是200年前的古话了。今时今日的新气象是，于大伾山上观看惊天动地的社火，心潮澎湃之余，想撒腿狂奔一泻千里，那真是万古妄想。现场是寸步难行，转个身都困难重重。浚县文旅局的王文欢在前，家长们在后，谢天谢地，当天还聪明机智地戴了一顶识别度很高的绒线帽帽，于人海之中不致沉没，一行人，几乎是手牵手这么一路

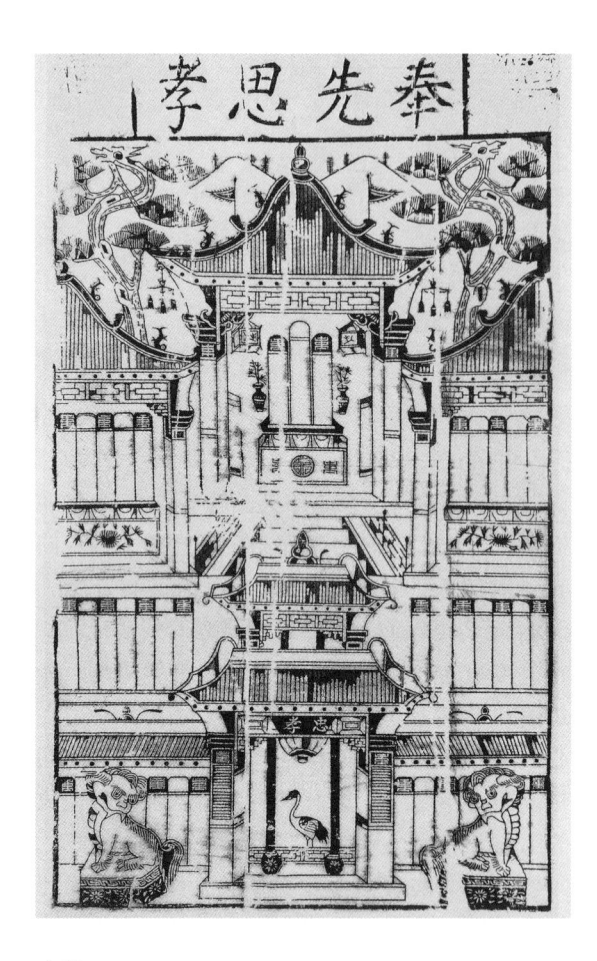

走的。

　　王先生穿得极单薄，跟我们至少差了一个季节，简直是一副悍然抗寒的钢筋铁骨，于密集人丛中熟门熟路，流利穿行。每到一间庙宇大殿之前，必于百忙之中，飞速察看香烛炉火旁的大水缸，掀开盖子查看里面是否有水，水若是结了冰，王先生一声不吭，默默一拳下去砸开坚冰。

　　巨大人流中，王先生带我们走过著名的龙洞，进去观看，雕于巨石之上的五条盘龙，果然奔腾有致，望之仙灵拔萃，有神不已。洞内巨碑石刻盈室，一幅连一幅，有20幅之多。当时洞内人满为患，人们开展着摸龙头龙鳞的全民运动，令人完全没有心思细致叹赏，匆匆一瞥而已，就转了出来。继续往前蹒跚而行，王先生随口问了一句，蔡京碑看到的吧？我瞬间立住了脚，洞里有蔡京碑？一边如此愕然着，一边被人流推动着继续往前走。王先生看我呆住，立刻与家长带我转头往回走，奋力排开人群，二入龙洞。以当时现场的拥挤混乱，天气的酷寒冰冻，人人恨不得一步跨下山去，而王先生和家长，毫不犹豫地陪我回身走，绝对不是容易的事。

看见了，洞内惟一一块，拿玻璃罩住的巨碑，想必就是蔡京碑了。

这是一块千年古碑，记录的是1118年旱灾，当地官员到龙洞祈求龙神降雨，祈雨成功，当年"麦秀两歧，一禾四穗"，获大丰收。大伾山此地，宋以前，多水灾；宋以后，多旱灾。一切跟黄河改道有关。据《浚县志》记载，光是清末至民国期间，旱灾30余次，旱情年年发生。旧县志中，"大旱、大饥""禾苗绝收，赤地百里""饿殍载道，人相食"的记载，历历在目。祖先生存之艰困，农耕文明之悲怆，人与神的晴雷互答，一支古老文明绵延下来的或坚忍或清脆的戏剧性，于这块古碑前，令人再四浩叹。万恶的是，蔡京碑上，笼罩着玻璃罩子，让人无论贴得多么近，都无法看清蔡京书法肥美流利的起承转合。一道玻璃的反光，轻易绝杀了万古的观看。这不是大伾山龙洞一地的作法，我国各地，如今稍有地位价值的石碑，都蒙上了玻璃，这是件让人发疯的事情。去个碑林，一个字也看不见，统统是玻璃、玻璃，和玻璃。逛碑林这种清秀养心的

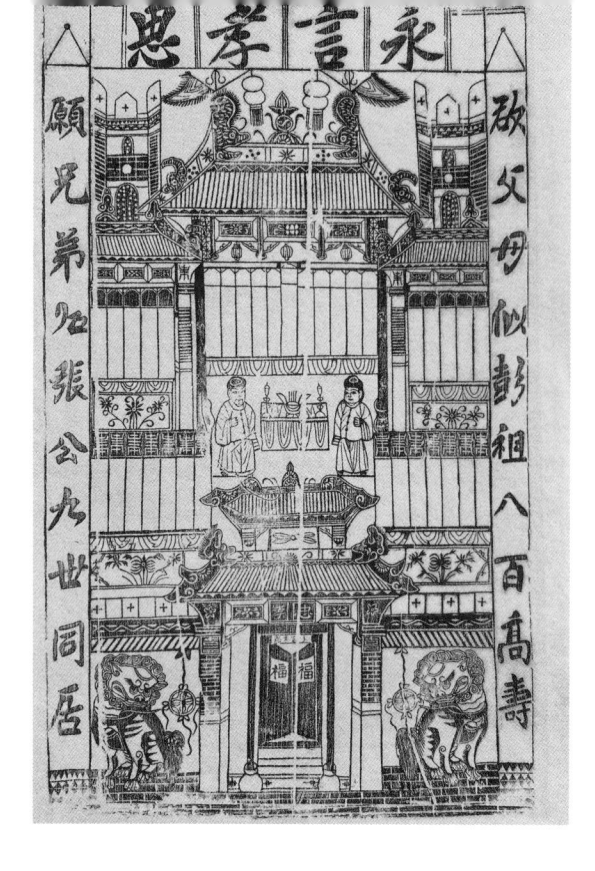

雅事，大约不出三年五年，就可以完美消灭干净了。

说远了，说回龙洞。百般惋惜蔡京碑的看不真切，一步三回头地，步出龙洞，屋檐下，龙洞二字，苏轼写的。小小一洞，随随便便，苏黄米蔡四大家，赫赫占了两巨头，又是苏又是蔡，河南真是，低头抬头，步步有美。

大伾山上，历代摩崖石刻无穷无尽，多达460多幅，几乎一步一读，转头就有。

蔼蔼亭，康熙年间的浚县县令刘德新写的，当年的县太爷，情怀大好。这位刘，还写了一幅云半山房，亦好。

愿天下尽读有用书，光绪年间的秀才李文宗写的，真想拓下来，发给今天的大中小学生们人手一幅。李文宗后来加入共产党领导下的抗日战争，于1941年，因掩护首长撤退，身中数弹，壮烈捐躯。此君原名李鸿儒，如果没有战火纷飞，这位鸿儒秀才，想必是于云半山房中，读尽世间有用书吧。

战争无耻，人生无常。书生从戎，搁在任何年代，都是悲壮故事。

大伾山小小一山，还有一座阳明书院，明朝弘治年间的1499年，王阳明曾经逗留于浚县，设坛讲学，便是阳明书院。当日我们看到的，是民国年间，改称的霞隐山庄。与巩先生一起入内，可怜已没有一丝书卷气可供致敬。翻查记载，据说阳明书院，当年古柏森森，青山依依，门外是山翠迎人，门内是柏荫摊卷，中原的广大知识分子追随王阳明读书论道，思考人生大问题，一派山静如太古的气象。更惊人，据记载，浚县在明清时期，像阳明这样的书院，多达九处。一座中原粮仓周围，竟然密集着繁多的高等院校，所谓耕读世家，其言不虚，于今日看起来，真是难以想象的理想国。

区区一座135米高的大伾山，珠玉纷呈，古迹连绵不绝。洪大人流中，我们随巩王二先生，转至大石佛前，豁然一个开朗，让我举起头来。这是一座惊人的巨大石佛，将近23米之高，后赵时期的作品，1600多年了，全国最古，北方最大。坐姿的弥勒，左手抚膝，右手施无畏印。民间说法是，佛爷的一掌，将黄河往外推了若干公尺，泛滥之苦，终于得到消解。大佛极为朴拙，有莫名的哀沉，身姿惊人之巨，令人敬畏之心漫然丛生。因为年代久远，大佛几经修补，修痕明显，心生痛惜。据说，某年某月的某一日，某领导突发奇想，想给此佛全身贴金，领导的思路是，贴一层金

嘛，就不会那么沧桑难看了。将有关官员找去，如此这般吩咐下去，把底下的官员惊呆了。千年老佛爷，贴上金，恶俗到不堪，怎么可以呢？而领导是不容违逆的，这位官员千思万虑之后，终于想出个法子，自我脱身。伊跑去跟领导讲，贴金，好的好的。您让我管这个事，我是本乡本土人，我一管这个事，多少乡亲来找我走门路，我不是要犯错误吗？您看换个别人来管行不行？金蝉完美脱壳之余，领导一忙，也就将这个心血来潮的念头搁置了。谢谢天，我们终于保住了老佛爷一条石头命，没有被金箔污染上身。听着这个故事，我们一车的人，此起彼伏唏嘘浩叹：没文化，真可怕。

之四

浚县最让我迷，居然是一件小玩意儿，那个泥咕咕。看社火的路上，一路断断续续，遇见农家摆个摊子在那里卖，每一摊，都迷人，都让我走也走不动了。家长说，他们小时候，都是玩过这个东西的。问问价钱，两块三块，手掌大一个，不过五块钱，便宜得不可置信，纯手工的玩具，全世界难有这个价钱了。

这个小玩意儿，隋唐就有了，河南便是这个麻烦，一开口，统统都是商周秦汉唐宋明清，一个比一个有来头，一件比一件深邃，让人不敢开口乱说话。取当地特殊的黄泥土，反复捶打，变得柔软细腻，捏起来，留两枚小孔，就是泥咕咕了。孩子搁嘴边一吹，咕咕有声，那个声音如埙，又比埙来得厚与拙，没有埙那种油滑浮薄，听起来非常中原。最普遍的泥咕咕造型，是斑鸠，想来是当地常见的雀鸟。兴盛的时候，浚县的杨玘屯村，家家户户都在捏。有家家垂柳，户户清泉之致。

去看了村子里泥咕咕名家宋学海的家，宋师傅不在家，三小姐在。三小姐细致纤纤，着一身浅色的羊毛裙子，一点不像中原农家的女儿。这也是我那一天里，看见过的，仅有的两个穿裙子女子中的一位，另一位，是河南电视台的主持小姐。主持小姐冻得面无人色，抱着

别人的大衣瑟瑟发抖。而宋家小姐从屋里走出来，暖洋洋的，一点不冷。

进门一边看一边拣，下起手来，一点不困难。原始的泥咕咕，几乎件件都好，创新的，几乎件件不行。想了很久，这个小玩意儿，究竟哪里让我动了凡心呢？一直等回到上海，才恍然：这个东西，除了带一种洪荒农人的古拙，还带三分巫气，夸张、绚烂、神秘、想象力惊世骇俗。而创新的那些泥咕咕，只是把各种动物，捏成兽首人身，或者咧着厚唇大嘴的老农，得个形，未得神，更谈不上巫气，自然就泄气极了。

隔了几日，去宝丰，进当地人的一间办公室稍事休息，一眼就看见办公室书架上一件泥塑，扑过去一看，不是泥咕咕，是泥泥狗。河南淮阳地方的，这个泥泥狗，比泥咕咕更巫气，有一股子气势汹汹的悍然气概，一派先民的元气蓬勃。泥泥狗充满图腾的力量，相比之下，泥咕咕就十分软弱小农了。泥泥狗像男人，泥咕咕像女人。先民总是匀称，而且性感十足，绝不扭捏，比今天的你我他，高明得多。

深夜里，跟身在旧金山的晓明微信聊天，

晓明说，谢谢天，芸芸众生里，我们总是能够遇见高人，让我们心生谦卑。我亲爱的老闺蜜，说得多么好。而劈面遇见先民的元气和智慧，我们惟有匍匐。

终于，酿了一天的雪，纷纷扬扬地落了下来，天是冷极了。那半日实在太过满备，眼花缭乱，一看便看了上下几千年，完全不记得半日里，吃过什么东西，跟眼前纷纷掠过的精彩相比，吃过喝过的，都不是东西了。所以，请你们不能问我，浚县有什么好吃的，darling，我实在是，不记得我吃过什么了。

放下碗筷，午后继续奔赴淇县的云梦山，看了鬼谷子的遗韵，我的心还在泥咕咕上头，路过一个小摊，又情不自禁捡了两件，旧报纸裹裹，抱在手里，心满意足。

晚餐桌上，有个漂亮碟子，呈现淇县三宝，无核枣，酥鲫鱼，缠丝鸭蛋。顺便说一句，当地酒店的早餐上，都有红枣，蒸得肥美，壮如婴儿小拳，这个碟子，恐怕是举世罕见的手笔。

饭后回酒店，雪已经弥漫成漫天大雪了。李小莉来酒店小坐，她是友人的友人，鹤壁市的副市长，年轻，而且很美。我对美人一向是比较偏心的，我们雪夜里彼此一见倾心，家长隔日跟我讲，就听到你屋里笑声不绝。真的，小莉来我屋里，一共大约只坐了半个小时，而我们，笑了总有三十分钟还多。从家长那里，借了一本我的旧作，因为我自己没有带，《携一枚包子晃天下》，送给小莉存念。小莉一定要我写几个字，细细想了两分钟，写了一笔：雪落黄河冷。小莉临别，一再叮嘱，记得明天

清早，花三十分钟，把鹤壁迎宾馆好好走一圈，占地600亩的迎宾馆，是鹤壁市里，雪景最美之地，千万不要错过了。

落雪的深夜，美人惊鸿一瞥，害我拥衾思念了半夜，方蹒跚入梦。

所有的遇见，都是久别重逢。

之五

而我们，必须要走了。

旅行的好处之一，就是学会随时随地放下。红尘出入，其实，一切都是渐行渐远，逐一放下。

下一站，安阳，河南最北部的一座辉煌名城，赫赫七朝古都，25000多年前的旧石器时代，已有先民生活足迹，是华夏文明的重要源头。设计这次旅程的时候，家长们最初安排的版本，是前往领略安阳的殷墟甲骨文。当时拿到这份计划，马上与家长们商量，从前去安阳，瞻仰过殷墟，这一回，想看一下安阳下面的滑县木版年画。

一夜豪雪，路上极不好走。外婆在微信上殷殷叮嘱，记得添衣、暖宝宝贴得够不够，这么一路疼惜着我的冷暖起居的，是我亲爱的读者，从未谋过面的天涯知己。而车子，几乎是全程在薄冰上一步一滑地行驶。那天是正月初十，自鹤壁往滑县的路上，人迹寥寥，一辆车都看不见。茫茫雪地里，惟有我们一辆伶仃的车，在小心翼翼地走。那种感觉是相当怪异的。说这是出门玩耍吧，那真是自己都难以相信，年节里吃这种辛苦，何苦来哉。说这是冒险取乐吧，也不太说得通，说来说去，不过是在建设极好的县级公路上坦然行驶，跟深山老

林荒野求存根本没有关系。而那一日，白雪茫茫一无人烟的全程，无论如何，都留给我林海雪原的怅惘。那日家长吴海军独自开了全程，意志坚决，凝聚全神，勇和谋，都小小悲壮，是殊难忘怀的一段甘苦与共。事后海军说，简直不敢回首，那一天是怎么开过来的，那件不可能完成的任务，真的是我做的吗？

至滑县，一落地，darling，竟然是一派长安大雪天的景致，冻云素雪，极目楚天。一边是万历年间的千秋古庙，一边是大运河萧瑟故道，千山飞绝，万径人灭。工作人员急步往大王庙里走，被我出声叫住。白雪峥嵘，万籁俱寂，如此空灵一幕，下一次，不知何时何地才能再遇了。人生不急，至少于不期而遇的绝色美景之前，且慢行走。

大王庙临大运河而建，供奉的都是与治理水患有关的先贤，前殿修葺一新，姹紫嫣红，

衬着满地清雪，简直灿烂的意思都有了。缓缓转到后面，谢谢天，明代的砖墙原貌还在，沉静肃穆，令人意远。连解说小姐，亦情不自禁蹲下来拍照。美这个事情，确实是不用讲得太多，看得够多了，自然就懂得了。江山不语，岁月永新，人在其中，迟早会懂。

转过去，观看隔壁的民俗馆，拿古粮仓改

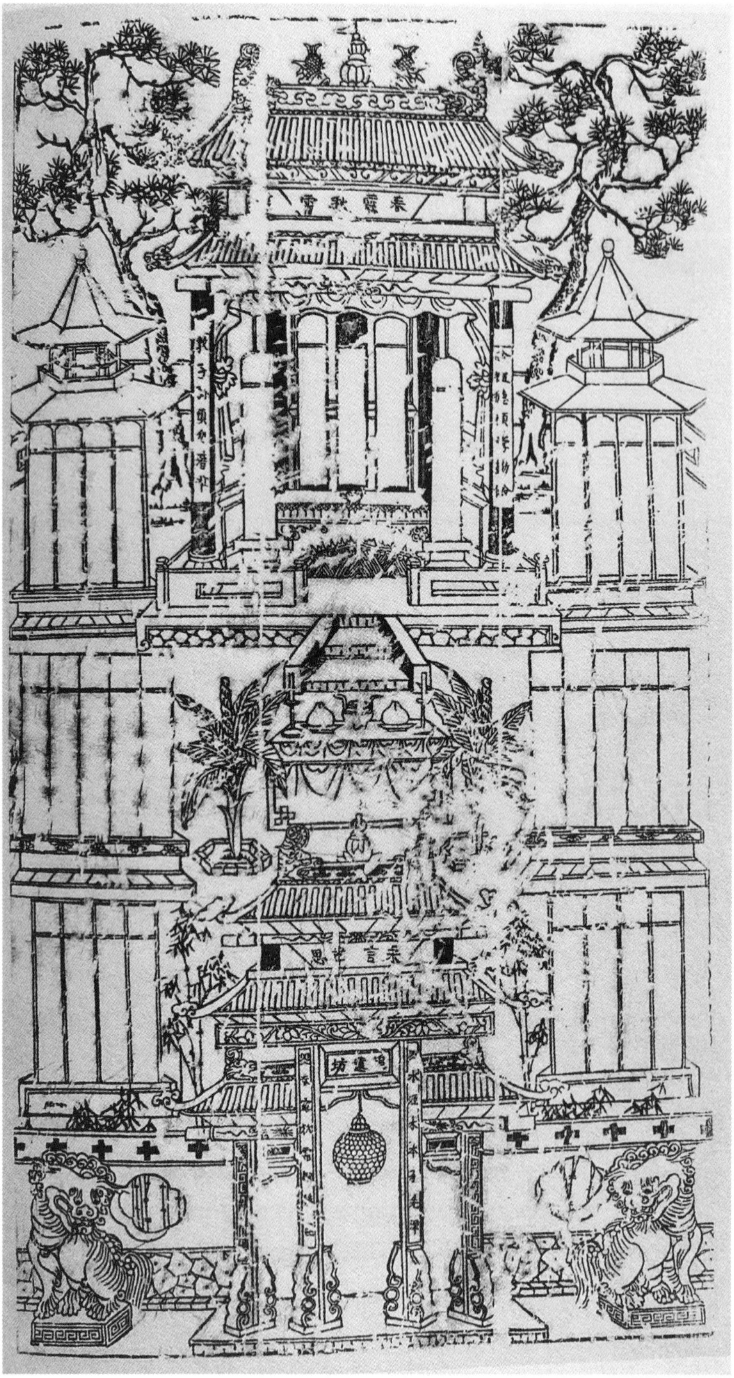

建的，屋子是真气派，古老仓库，如今在全世界，都是珍贵宝物，那样格局的房子，轻易不会再有了，新时代的建筑杰作，大多争先恐后向高处逞能，而无力于平地拉开。古老仓库的好，就在于一个视野的平林漠漠，这种奢侈，我们没有。滑县自古以来，是中原第一粮仓，优质小麦产地。有曹操修浚的大运河贯通，上个世纪初还有道清铁路修起来。物产丰饶，交通畅达，当年繁荣，不可一世，有小天津之称。滑县的历史极古，青史留名的第一人，是吕不韦，战国时代的商人、政治家、思想家，以及变法先驱商鞅，那种头角峥嵘，随便想想，都活蹦乱跳。

滑县的民俗好东西，多得不胜枚举，随便写两件，一饮，一食。

一饮，一种冰堂春酒，宋朝古酿，文豪欧阳修酿的。当年欧阳修于滑州做官，此公为官为文之余，还精通酿酒之术，听起来，简直比周作人还周作人。冰堂，是伊官署的堂号。以滑州的优质粮食酿成的冰堂春酒，是当年蜚声汴梁的国酒。一边看这种东西，一边感叹古人多么风流，如今的文豪们，哪里还懂这些精巧饮馔。黄庭坚《清平乐》词中，有"冰堂酒好，只恨银杯小"的叹惋，真真清空如话，万年流殇，结句"醉里香飘睡鸭，更惊罗袜凌波"，完全是沉醉的耽美。陆游于《老学庵笔记》里，不遗余力地写过，"承平时，滑州冰堂酒为天下第一"。这一笔里，天下第一不是重点，承平时才是。于白酒一向滴酒不沾，但是这个冰堂春，倒是惹动我极浓的兴致，有朝一日，找一天好时光，捉两个人生对手，尽情慢慢饮一饮。宋朝滋味，文豪手笔，我喜欢。问身旁的滑县旅游局局长焦百勇先生，这个冰堂春，如今还在吗？焦先生答，九十年代停产了，正在谋求恢复生产。不过，老的存酒，还有，只是包装很糟糕。

一食，道口烧鸡。其实，我是十分蔑视这个烧鸡的，以半生浏览，食尽天下各路鸡，鸡这种食物，还能美味到哪里去？令人销魂的可能性，无限接近零。北方各路烧鸡，留给我最深邃的记忆，亦是旧年的长途火车中，稍纵即逝的停站时间里，蜂拥而至的鸡们。壮烈的咸，浓郁的卤意，跟南方的秀婉清淡势不两立，伴随着人在旅途的高度仓皇兵荒马乱。所以，无论各位滑县人说得多么眉飞色舞，我还是一副淡淡置之的冷漠。那日因为贪看好东西，一再推迟了午餐的时间，午后将近两点了，一群人，顶风冒寒，抱着饿透了的空肚子，踏雪而至，撩开张存有烧鸡店的棉帘子，桌上摆着满堂佳肴，道口烧鸡以瑜伽姿势傲然居于中心，我依然望一眼没有一点兴趣。焦先生在身旁，还没落座，身手利落地将一枚鸡腿，搛到我的碟里，热的，你吃。此举令我一个震动，darling，我真的想不起来，上一次某人搛一枚鸡腿到我的碟子里，是何年何月的

事情了。我们好像早已不做这种动作了，古老的温存，原来，始终有着直指人心的力量。焦先生做来自然妥帖，并无一点矫揉造作，以中原汉子的质朴，直来直去，让我口服心服。而烧鸡，意外的，竟然真的美味，极热的烧鸡，卤得软糯，香得透骨，而且不油腻。通常的鸡们，不是干柴一捆，就是肥腻成一盅罪恶的油，道口烧鸡在这宗难题上解决得十分有水平，千锤百炼地，抓到一个微妙的平衡点，并且小心翼翼保持住三百多年。

日常里一个普通小动作，让我对焦先生这个人，生了无穷兴趣。此人非常经典的五短身材，面上骨细肉润，五官饱满，一路走过来，看了形形色色好东西，有问必答，精神灵动。五短身材是相书上说的富贵之格。古人认为，五短身材，优在一个匀称，外貌的四肢躯干匀称了，内里的五脏六腑必亦匀称，这样身材的人，必然比较身体健康，而身体健康，精神才会健旺清朗，质量朴实。久于南方起居，而南方不太见得到五短身材的男人，五短得恰如其分的，更是罕见，意外于中原邂逅，不亦快哉。

之六

再接再厉，接着写滑县琳琅满目动人肺腑的玩意们。

于民俗馆内，看见的锡器，一柜子极漂亮的旧锡器，酒壶、茶壶、茶罐子，等等，姿容黯沉，形制肥满，跟江南一身玲珑的锡酒壶比起来，充满中原趣味。江南的，胜在一个秀，此地的，得了一个厚。几度河南行走，一路看见无数好物，常常是，第一眼第一句，在心里赞叹一个厚字，然后百般琢磨无穷玩味，到最后一句，心里还是一个厚字跳来跳去。无论是金石味浓郁的汉画像，千唐志斋的上千块唐碑，刚刚于浚县瞻仰过的后赵时期的大石佛，还是一路吃了无数的烩面、壮馍、铁锅蛋以及鲤鱼焙面，河南的厚，俯拾即是，而且难以与君说。这种难描难画的厚，是来自于此地太壮丽的历史，还是来自于此地太厚积的黄土？我是真的没有想明白。地理不仅决定着地貌，亦确定着一地的风华气质。河南从精神到物质，不绝如缕的这种厚，一再更新着我的思考。道口的这一柜子旧锡器，亦陌生亦熟悉的那种厚，看得我眼睛转不开。旁边，还有一柜子的新锡器，锡光熠熠，锋芒毕露，器形上很像日本的壶，气质上，远比隔间柜子里的老锡器，来得薄和弱，便百般看不顺眼了。

孤陋寡闻，滑县道口，原来是我国三大锡产区之一，另外两个是云南的个旧和山东的威海。道口本地并不产锡，锡是来自广西。何以此地成了锡都名里？是因为清朝乾隆年间，山西洪洞地方跑过来一户刘姓匠人，将制锡手艺带到此地。当年道口繁华，纸醉金迷，精工细作的手艺人有饭吃。据记载，1930年代，光是道口大集一条街上，就有九家锡器铺子，工匠130人之多。大一点的铺子，一年耗材达到约2500公斤，小铺子一年也要消耗1500公斤。真真盛况惊人。1933年的《河南政治月刊》中，一篇《豫北道上》写着：道口点锡，以官秤论价，有花的，每斤一元六角，无花的，每斤一元四角六分。凡至道口的游人，吃烧鸡，买锡器，殆多不肯交臂失之。道口烧鸡和道口锡器，是当地人必携的送礼佳品。

刘宝瑞先生有一个经典的单口相声，《化蜡扦》，里头说到一财主嫁女儿，陪嫁是两堂家什，一堂瓷器，一堂锡器，瓷器没有说是何地良品，锡器说得明明白白，满堂的道口锡，40斤重，多么拿得出手。

令人无比黯然的是，1930年代，并不那么久远的过去，曾经兴盛如斯、讲究至极的道口锡器，如今已经芳踪邈邈存者寥寥了。那一柜子的老锡器，看得深深眼热。置一把俊美锡壶，饮一口清甜之水，读书写字之余，于冉冉阳光下，拿老棉布将岁月包浆的老锡壶，擦得漂漂亮亮，是多么好的日长如小年。可惜的可惜，道口烧鸡依然健在，而道口锡器，我们是完完全全地失之交臂了。

2018年8月，日本的一本杂志，《妇人画报》，做过一集封面故事，100年的日用品，那一辑专题曾经令我过目难忘，一物温美，一物安详，一物清脱，一物静懿，层次分明地构成了我们再也回不去的乡愁思念，剩下的，是慌不择路的一地塑料，从面目惨白的外卖盒子，到我们不堪一击的爱情，一切的一切，都是如此的塑料。你让我如何相信，我们是在高歌勇进进步着的现代人？

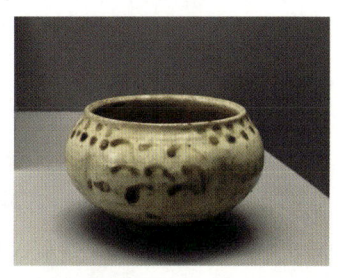

之七

到滑县，初心极是纯粹单一，让我仔仔细细沉静心思，看一眼滑县的木版年画，这个东西，出了滑县，基本上很难看到。

一直对我国各地的年画，有特殊的深情，好像中国人过年的那些富丽堂皇，都在年画里，热气腾腾地原味保存着。祖宗到场，三代同堂，金子满筐，饺子满盘，老爷们慈蔼淳淳，妇人们裙襦翩翩，中国人家顶顶璀璨的一幅景致，人间天堂一般，让人梦回千里万里。二十岁远离故乡远离家人，不再像幼年那样，有机会与父母一起过年，这是我半生积年的遗憾。三十而立，有了包子小人，家里一入腊月，总要翻腾一回贮藏室，将珍藏的各色年画，一件一件斟酌着挂起来，满楼装点一新，酝酿起一屋子的过年情致。包子小时候很爱这个，趴在杨柳青、桃花坞、朱仙镇的年画们跟前，看久久。年画的那种稚气夸张，跟包子小人的审美情趣，十分匹配。如今物也非，人也非，长大了的包子，像我年轻时候一样，已经远渡重洋，多年不在家里过年，满堂年画缤纷的热闹日子，早已不复返。

然而，我还是爱年画一往情深。

滑县的木版年画，几乎是藏在深闺人不知，2006年之前，根本无人知晓，是在一次全

国性的木版年画抢救工作中，被意外发现的。刚发现的时候，研究人员还半信半疑，因为滑县与大名鼎鼎的年画之乡朱仙镇，仅仅相距一百公里。当时专家以为，滑县木版年画，可能就是著名的朱仙镇年画的一个派生，说得简单一点，就是跟朱仙镇年画，是一回事情，没有多少价值。深入研究之后，才发现，滑县的木版年画，完全独立一脉，古韵盎然，稚气虎虎，一路可以追到《诗经·大雅》里去，有充

足证据确定，这一派的木版年画，与朱仙镇彻底没有关联，这让当年的研究人员欣喜万分。

踏入滑县的木版年画展室，有一种玉堂春暖的激动，风雪兼程千里迢迢，如此山程水驿跑来看你，终于见到的一刻，darling，你知道不知道呢？

第一幅入目，是《田祖》，亦就是神农，神农发明农具，教导人民耕种，是农业之祖，亦是农耕文明里，最受敬重的神明第一名。新春里，家家祭敬田祖，祈求风调雨顺，五谷丰登。这幅《田祖》，取上下结构的构图，是滑县木版年画的典型之态。神农赤足，抱禾，面容宽阔丰腴，农人们悠扬耕种，牧歌一般安详结实的马与驴。整幅画面国泰民安，有歌有颂，一派先民乌托邦的温暖。木版的笔致，拙朴厚道，雨露阳光，笔笔点足，简单之中有丰满，让人望之心生满满欢喜。

再来一幅《五像》，自上而下，供奉了五位神明，玉皇大帝、送子观音、关公、神农、比干，画面上方，神之格思，取自《诗经·大雅》，振聋发聩，一笔直达上古。

一幅《独坐天》，亦极好。玉皇大帝居

中而坐，天神天将分立两侧，天地三界十方万灵。画上诸神，衣袂翩跹，颇得天上人间的自在。色彩轻薄而透明，像国画的略施点染，点到为止，不像一般年画的厚腻滞重，笔笔满溢，看起来，格外多一分仙灵。然后不免牵念到，滑县此地，有黄河，有运河，土中有水，件件不缺。

一幅《七十九全神》，辉煌壮丽，像瓦格纳一般气贯长虹。不仅人世拥挤，天上更加热闹簇拥，诸神的黄昏，啊，啊，实在太瓦格纳了。

问身旁的焦先生，如今滑县每年有多少木版年画上市？销路好不好？焦先生答，现在的农民们并不喜欢这样的东西，在乡间，塑料的年画好卖得多，便宜，而且风雨无损。我开始私心杂念起一肚子担心，等一下看完了展堂，有没有卖的。

一边继续往前走，展堂内，还有不少木版陈列着，都是苍苍老版子，凑近了，细细看半天。滑县的木版年画，起始于明，有清一代和民国期间，达至巅峰。当年年画商人远道而至，拉一车粮食来，换一捆捆年画走，覆盖中州是不需说的，最远，甚至销售到东北三省，至今展堂内，还看得到满文的滑县木版年画，至为珍奇。后来，战火纷飞不说也罢。一直到1960年之前，滑县还出过一批《新社会》《和平鸽》之类的新年画，一村三十多家作坊，二百多从业之人。1958至1960年，滑县毁了五千多张木版，想想看，那把熊熊烈火，要烧几天几夜吧？默默想到，曾经听上海的老妇说起过，浩劫年代，她家抄家抄出的红木家具，

第三章　摊开地图，飞出了一条龙

堆了整整一条弄堂，一把火，烧光。再回过来讲滑县，如今劫后余生残留下来的老版子，很多是当年被偷偷埋在地下，死里逃生逃过一劫的。

焦先生大约是看我实在太喜欢这些东西，跟我讲，等下吃了饭，带你去看收藏的老版子。我问，老版子，能不能印？焦先生略略犹豫了一下，答，印，让你亲手印。通常，一张木版，能印两万张，两万之后，这个版子就废置了。当地收藏的老版子已经相当珍贵，一般不随便拿出来供人印，这一日，焦先生大约是起了宝剑赠英雄之心吧，意外允准。

午饭后，我们于道口大集略略走了几步。冰天雪地，我这个南方人，完全抓不到身体重心，笨手笨脚一步三滑。那是极广阔的一个老镇，似乎是我看见过的，范围最广阔的一个古镇集市了，整幅街的整旧如旧做得算是很用心的了，明清两朝、民国，以及1950至1970年代的老房子们，层层叠叠相望相守，都在一处静立着，大雪一落，极是清寒苍秀，一派江山不语的气概。更深露浓，花落成家，道口曾经是那么繁荣的一个地方，我们立脚之处，正是当年道口的新天地一般的地方，比新天地不知广阔了多少倍。可惜的是，那日大雪纷飞，又是在年节之中，街上几乎没有铺子开门营业，一派寂静空旷。还没有离开，已经在发愿，要挑一个热闹的好日子，重回道口，恣意逛逛老街老铺，吃一遍通街的手工面食。焦先生指给我看，从前，此地首富姓郭，有多少多少屋子，多少多少铺面，整街整街的，都是郭家的，不得了的泼天富贵。

滑县一中文工团合唱队合影

1957年道口中学军乐队合影

1956年11月我校女子篮球队代表安阳地区参加省女篮比赛

体操运动员郑秀亭（左）、康宝春合影

之八

去文化馆，焦先生客气，说怕你滑，给你铺了地毯，不过不好意思，是绿色的啦。五短身材的机智，让我笑得无法可想。焦先生带我看馆藏的老版子，一抽屉一抽屉地拉开来，上好的梨木版子，密密麻麻，一屋子的岁月苍茫，墨色沉浸，让我无比哑然。第一次看见这么多珍贵的年画木版子，叹为观止，热泪盈眶。征得焦先生的同意，捡了几幅，小心翼翼抱出来，两幅八仙，一幅林冲，一幅鲁智深。抱到隔壁屋里，匀匀喷一遍水，让木版子适度涨开，片刻之后，再刷墨，覆上宣纸，轻轻刷，揭下来，八仙们温柔敦厚，富贵吉祥，身上衣袂翩翩，流利动人得不得了。再刷一幅林冲，林教头风雪山神庙，画面正

中，一株枯树虬结，写出落魄的大将军内心的穷途末路。八十万禁军教头林冲，萎靡地瑟缩于画面一角，真真是逼上梁山之前的绝境。林冲是水浒里，我最喜欢的英雄，我还喜欢林娘子。宛转蛾眉马前死，比杨贵妃好得多，比白娘娘也好得多。杨贵妃和白娘娘，多少都有点张牙舞爪。

之九

这个馆里，收藏的老版子，有1178幅之多，焦先生看我沉迷，开始兴了个主意，今天不走了吧，住下吧。听得我一愣，原计划我们当日黄昏之前，必须赶到濮阳，观看当地的一场《水秀》。考虑到当天艰难的路况，我们还必须尽早启程。而滑县的好东西，质和量，确实都远远超越了我的想象，有时间的话，的确应该留几日，安安心心看够。然而行程计划在前，随意更改不是那么简单的事情。跟焦先生讲，这个要跟两位家长商议，跟我说没有用。焦先生转头跟家长说，今晚就不走了，住一住吧。家长摇头说，不行啊，濮阳那边，一大堆行程，改动不得啊。焦先生干脆说，今天下大雪，你看，你们赶去濮阳也没用，今晚《水秀》肯定不演的了。家长意志坚定如铁，继续用力摇头。焦先生又说，那晚一点走吧，多看看咱们这里，反正《水秀》这种东西，看五分钟跟看两个小时也是一回事情。说得我笑不可抑。然后焦先生又来了个绝杀，跟我说，我们有块怀素碑，你要不要看？我在那里瞠目结舌，家长反复催促启程，气得我语无伦次跟焦先生发急，你你你，你怎么可以在最后三分钟，告诉我你有怀素碑？五短身材的厉害，真是领教了。焦先生笑嘻嘻赶紧请人拿钥匙打开

仓库，进去一看，完全迷乱了。darling，那不是一块怀素碑，那是一个小小的碑林，而且是没有玻璃罩子的碑林。放眼一望，什么都有，从汉碑到唐宋元明清，从米芾苏东坡到赵孟頫，一应俱全。怀素那块极特别，不是草书，是篆书《千字文》，既工且秀，挺得惊人。万恶的是，我们只有三分钟啊三分钟。焦先生安慰我，不急不急，我们有书，给你。后来，回到上海，看到快递送来的那本滑县的《金石遗韵》，长夜里，一页一页潜心细读，深叹滑县太厉害了，这么一本东西里，收录了滑县自汉以降，九十多幅碑刻拓片，一块元碑，2013年于滑县中州大道修建工程中出土，一批清碑，都出自安阳第二高级中学内。至于那块怀素碑，问焦先生哪里来的，焦先生答，道口郭家那里来的，不止一块怀素，很多。一言黯然。当年荣华，如今安在？后来，请焦先生给我找一些郭家的资料，焦先生说很难找，只有一份根据当年老人口述的纪录。郭家大院是在清朝咸丰年间开始建的，前后花了五十年时间建成，主人家郭老六是天津塘沽那里迁过来的商人，做盐业，这个院子里有西厢房五间，收藏着大量石碑雕刻，包括我今天看到的苏轼的《争座位帖》。郭家大院后来一直是作为县委大院使用的。关于郭家，现存的资料，竟然只有如此寥寥几句了。

终于启程离开滑县，短短半日，看了太多好东西，然后，与焦先生认了师徒，很高兴，收了个好学生。这位新学生实在是有根底，出生在龙凤村，那是传说有皇家住过的村子；小学在苑村上的，那是传说中，古卫国的花苑；初中在惠子墓顶上的学，惠子什么人？庄子的好朋友，惠子墓距庄子茔不到十公里；中专上的是滑县师范学院，在老县衙，那是东郡治所；毕业娶了龙山仰韶遗址张家村的女子为妻，张家村是土话，说文雅了，就是张丞相的家；学校毕业去乡镇工作，在瓦岗寨英雄赈济灾民赐粥之地，慈周；现在工作的滑县旅游局，在县委大院里，这个院子是省级文物保护单位，五十年代的苏联式建筑。听完学生告白，只剩一句感叹：河南太厉害了。

临走，与学生惜别，师徒们相约，等待春暖花开，再访滑县。学生说，他在慈周寨镇工作的时候，遇过的一位当地乡村医生，走街串

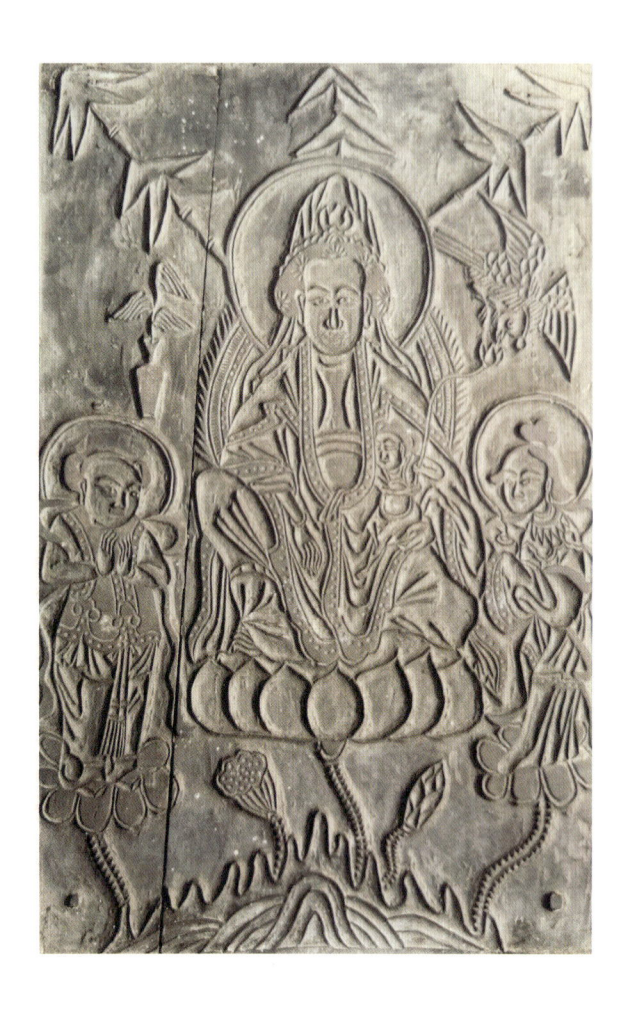

巷替人治病之余，收藏了大量东西，农具12000件，家具10000件，其他杂件无穷无尽。老师下次来，带老师去看。

纪德于1889年7月，写过一集《布列塔尼游记》，其中写道：从瓦纳开往圣安纳的三等车厢里，刺鼻的气味叫人受不了。五个男人，其中有一名士兵和一个农民。农民的罩衣里面，穿了一件绣花的旧时代背心。

我于滑县看到的，亦是农民的罩衣里面，一件绣花的旧时代背心。

之十

上海人有一种让全国人民很不乐意的坏习惯,上海人见了上海人,必定旁若无人地开始讲上海闲话,目中完全没有全国人民,多年来,这件坏习惯早已变成了一宗十恶不赦的狂妄罪,贴在上海人单薄的额头上,跳进黄浦江也休想洗下去。

等我在河南走了几次,发现这种坏习惯,原来,河南人民跟上海人民一样病入膏肓,而且有过之无不及。河南人民不光是见了河南人民开讲河南话,对着我这种活生生的外乡人,亦照样讲得有滋有味声情并茂。

还好,我是方言的大力拥护者,支持一切生动活泼的方言,越土越好,越横行越应该。一种方言的成熟,起码经历两百年的洪荒时间,是不折不扣的人文财富,当地人不爱惜,谁爱惜?不过,一起工作的时候,四周的河南人全都跟我讲河南话,就有点飞奔也跟不上的困苦,听着听着,就有点怅惘,拔剑四顾心茫然那种怅惘。两位家长十分体贴,每到我迷茫的极限,家长们都会提请各位老乡,请讲普通话,然后诸位豫家才俊,猛然想起来,眼前还有一个上海人生涩干硬地耸立着。大家面带歉意地立刻改口讲普通话,只是,三五分钟之后,又不可救药地讲回河南话去了。

当然，好处也是有的，我的河南话听力日新月异，最好之好，是慢慢懂得其中的美。

某个黑漆漆的深夜，于宝丰乡间，一位老农与另一位老农摸黑打招呼，开口就是：喝汤了没？

回答是黑田里的：喝了。

一个喝字，气出丹田，浑厚有劲，于麦田中隆隆滚过。

赶紧追着问：咦咦咦，你们见面打招呼，就是问人家喝汤没有啊？

两位老农笑，跟我解释，其实我们的意思，是喝汤＋吃馍，不光喝汤，还吃馍了。

那个馍字，河南话里，读去声，那是一个毅然决然的气沉丹田，听着真是浑身一股劲道上下游走。

有意思的是，我发现，这样子乡音不离口的，几乎全是男人，河南女子不这样说话，有外乡人在场，她们都高度自觉讲普通话。这是个非常有意思的社会学现象，展开了，可以写一篇论文，以后有机会再细说。

之十一

离滑县，抵濮阳，濮阳的迎宾馆，比鹤壁的，辉煌十倍还有余，暮色里，井蛙如我，哇哇雀跃了千秒。

濮阳是又一座历史惊人的古城，根据1987年的考古发掘，最早的墓葬群，距今有6400年。如此古城，名流纷纷，历历可数。最厉害，是仓颉，那个造字的仓颉，是濮阳人。这就一句顶万句，其他都不必说了。

捡两位文人名流写几笔。

一位比较冷僻，因为冷僻，特别要写一写，免得冷僻得隐姓埋名找也找不到了。是元代的，宫天挺，杂剧家，今天虽然声名寂寂，当年恐怕是不得了的文豪。据《录鬼簿》记载，宫天挺的作品，"压倒元白"。宫天挺流传至今的作品，只有两部了，找出来拜读一遍，篇幅不长，确实笔势轰轰烈烈，才气奔腾，雅俗并举，如果于舞台上唱起来，想必是山河也要为之黯淡无光的。摘几段漂亮好文字，致敬古人。

金盏儿

黄菊喷清香，白酒浊正清。相逢万事都休问，想离多会少百年身。

烹鸡方味美，炊黍却尝新。我做了急喉咙陈仲子，你便是大肚量孟尝君。

游四门

静悄悄荒郊迥野申时候，昏惨惨落日坠城头。

残雪又收，寒雁下汀洲。景物正幽，村落带林丘。

红绣鞋

我若为将为卿为相，与你立石人石虎石羊。

将恁那九岁子四旬妻八十娘，另巍巍分区小院，高耸耸盖座萱堂。

我情愿奉晨昏亲侍养。

另一位，比宫天挺幸运，青史清晰留名至今，是郑板桥。乾隆七年，郑板桥于此地的范县，做过五年的县太爷，声誉卓著，很得民心。

之十二

范县，出一种名动四方的食物，范县大包子，那是于濮阳吃到的，最美的两件食物之一，另一件，是当地赫赫有名的壮馍。大包子和壮馍，真是太漂亮的名字，不愧是仓颉故里的来头。我这种吃字比吃饭还要紧的人，见字如喜，念念难忘。

范县大包子，起于晚清，大约有110年历史，好是好在馅子的调味，有很浓的酱意。酱与面粉，这两件东西，是人间一等一的绝配，金风玉露一相逢，分分钟胜却人间无数，想想看那个名垂千古的炸酱面，就知道了。而范县的大包子，似乎比炸酱面还讲究得多。对于我这种南方人，酱意浓郁的包子，十分深邃，南方的包子绝对不会用到酱来调味，加一点酱油已是天大的事情了，务必陪上无数的糖，以平衡口味。而酱天然的香与浓与韵，调度得高明，真是神来之笔。

晚上华丽的宴席上，佳肴美酒，眼花缭乱，于芸芸美食里，捡了一枚大包子，然后又捡了一枚大包子，把对面的河南省杂技集团的副总经理胡勇鹏先生吓了一跳的说。每次遇见优秀包子，我都毫无例外地失去节制。

壮馍，这两个字，实在是美绝了，三分优雅，三分气魄，两分俏皮，一分自豪，一分心

理暗示，加起来满满十分。这么好的名字，我想破头，绝对想不出来。

壮馍确实是壮阔面食，直径宏伟，厚度拔群，馅子非常复杂，做得的饼，要煎烤到外焦内软，香透四层，火候是极讲究的。壮馍的好吃，主要在于馅子里有大块的红薯粉皮，夹于肉糜之间，热馍滚烫的时刻，吃起来，口感极是复杂，大块的粉皮于唇齿之间软硬兼施，欲罢不能，比吃西施舌还性感妖冶。特别喜欢这种使用简单食材，殚精竭虑制成的佳美食物，技术含量高，聪明智慧够，这个么，才叫高级。动不动拿鱼子酱黑松露当金粉洒来洒去，虚张声势，一点真本事没有，最不喜欢了。

那日濮阳的夜宴，印象十分深刻，水秀宴，踏入房间，凛然一个醒目，夜宴别致俊美。主人家是女子，秀巧玲珑，梳个清丽的发髻，纹丝不乱，小小一张瓜子脸，蓦然一见，楚楚如同红尘里的一首歌。慢慢才知道，这位年轻的丁春英小姐，是河南省杂技集团的总经理，谈吐之间，有一点点灵动点翠的飒爽，让我一次次地想起，《卧虎藏龙》里那位杰作一般的玉娇龙。

那一夜，这位濮阳玉娇龙，肩并肩，伴我看了一堂大秀，《水秀》。良宵如此之余，"玉娇龙"还准备了大捧的鲜花给我，因为那一夜，是2月14日。

女子们相遇和相亲，总是前世的缘未尽吧。

之十三

《水秀》是一堂杂技大秀，非常意外，于豫北一隅的濮阳，能够看到如此美轮美奂的别致大秀，恍如置身娱乐前线的时髦大都会。为这堂秀，量身定制的戏园子，水秀国际大剧院，亦称龙珠馆，气派得观止。这堂《水秀》，每星期献演四场，全部演员来自本乡本土。濮阳，原来是大有根底的杂技之乡，民间人才济济，代代相传。我国杂技于汉代已经成熟，称百戏。南阳出土的东汉的汉画像上，已有杂技的动人画面。最为兴盛的时期，在盛唐，歌舞升平的宴饮之上，杂技常常是助兴添彩的欢喜手段，盛唐的彪悍健壮，口味浓重，于此，亦可窥得一斑。据记载，当时，杂技是常常出入宫中的高尚娱乐，地位优越。宋以后，百戏迅速没落。至清代，基本上已经退化到小规模营生，以一家一族为单位，摆个地摊，吃口江湖饭。听河南人讲，小时候村里来演杂技的，围个圈子演演演，傍晚收了圈子，就在村子里挨家挨户讨一口粮食，讨得多少吃多少。跟盛唐的风光，无法相比。

时代走到此时此刻，濮阳有了民间的杂技学校，从稚龄的孩子开始教，十年功夫下去，成才之后，是出口到全国、全世界的杂技人才。迪斯尼、环球影城、世界各大杂技团、

马戏团、一等一的拉斯维加斯秀场、澳门秀场内，均有濮阳的杂技人才，这是我孤陋寡闻，走到濮阳才得知的。

当晚的《水秀》开局浩荡，气势奔腾，历时九十分钟，几乎没有弱点，传统的空中飞人、顶缸、高空走钢丝、蹦床、扯铃、环球飞车、柔术、魔术戏法，以现代手法编辑，于雷霆万钧的声光作用之下，魔幻和梦幻，此起彼伏，提供至美享受。我是戏迷，每星期必入戏园子至少看一场戏，杂技更是迷，小时候去仙乐斯看一场杂技，那是半辈子念念不忘的俊美。杂技里，最让我意乱神迷的，永远是空中飞人，那一个片刻的精彩绝伦，是人世上，对举重若轻四个字，最经典最漂亮的解释。力的悠扬，神的悠扬，飞出去的斩钉截铁，手腕相接的刻不容缓，每一刻都是千钧一发如履薄冰，每一个笑容都是苦尽甘来千金不换，太过瘾的人生，太接近神迹的人为。没有比空中飞人，更梦幻的了。

而一台新秀与一座古城的互为酬唱，听起来有一种永生的喜悦，以及永新的憧憬。变古老的遗珍，为现代的享受，让古老苏醒在现代里，从古中取巧，从新中焕发，是世界范围内很多行业在全力以赴的事情。濮阳这样底蕴深厚的古城，还只是刚刚开始。除了《水秀》，濮阳每年十月还有国际杂技艺术节，世界各地的顶尖好手云集一堂，一个星期内无数精彩纷呈。我一听就举了手，要求十月来看秀。拎一袋子壮馍，于秀场内流连忘返，做够一星期的人间美梦，这样的浪漫好事，并不用山长水远跑去欧美，darling，你怎么可以错过呢？

次日，驱车前往濮阳的东北庄，杂技故里，车入村子，沿街的粉墙上，连篇地画着杂技图画，一帧一帧望过去，非常有意思。东北

庄有个杂技博物馆，是第一次看到杂技博物馆。馆子略显粗糙，不过还是看见好多闻所未闻的好东西。

比如，杂技艺人文化水平很低，却口口相传着朗朗上口直击要点的口诀歌谣，文字清通可喜，是好得不能再好的语文教材。

上刀山锣歌

人饿沿街卖艺，命苦才爬刀山。
铡刀三十六把，刀刃蹭着青天。
离着天堂很近，还有十万八千。
离着地狱不远，身子进去半边。

气功锣歌

内练一口气,外练筋骨皮。
练筋筋粗,练皮皮厚。
一口气用到头上,能使油锤灌顶。
一口气用到双肩,能练二郎担山。
一口气用到耳朵上,能耍双凤贯耳。
一口气用到肚子上,能托五千斤大力士。
一口气用到腿上,不怕车轧滚碾,刀剁斧砍。
一口气用到脚上,能踢百样木桩。

一边细细琢磨这些好文字,一边拿些没想通的难题,跟身旁的水秀演艺团长李维超先生请教。为什么高空走钢丝,那么细的钢丝,走来走去如履平地,身上还能站两个人?团长告诉我,杂技演员练到一定程度,人一立到钢

丝上，全身肌肉就会达成一种平衡。这种东西，肌肉记忆，是拿时间慢慢堆出来的，所以需要十年功夫，这种东西不是随便说说的。这位年轻的团长，出生于三代杂技世家，随口讲一些行内秘诀，都让我大开眼界吟味不已。

午餐于当地吃一根面，餐桌旁，就有当地的老人孩子，随便耍几手漂亮杂技，孩子们机灵，老人们身上有一种久违了的江湖艺人的勇与直，岁月包浆，难得一见，看得我眼睛发亮。

濮阳匆匆，十月要回去看国际杂技艺术节。

之十四

一日一城,绵密紧致的旅途,眼睛很过瘾,脑筋也很过瘾,比较遗憾的,是没有时间,于每一座城,仔细走一走大街小巷,于一座城的气质,终究隔膜生疏。从濮阳回郑州,家长安排有一日的空隙调整,让我雀跃非常。于郑州出入了那么多回,一直是在游泳池、眠床和饭桌子之间穿梭,终于可以有一天的散淡精神,晃晃这座城。

带我晃郑州的,是韩梅姐姐,姐姐是郑州人,跟姐姐相识不过半年多一点,却是一见倾心那种亲。人生初见,于上海城郊接合部喧哗的童书博览会上,我们寻了个僻静角落,倾心讲了一个下午的闲话,从麦积山讲到敦煌,只觉意气相投,意犹未尽,好得怎么可以。等我再一次到郑州,在一个饭局上,听赵红跟我说起,韩梅姐姐曾经是郑州惊天动地的人物。听了,心中频频点头,原来如此,姐姐气质里过人的沉静,原来是有来头的。见到姐姐忍不住就说了一下,原来姐姐那么厉害,怎么也没听姐姐说起一句半句?姐姐一笑置之,轻描淡写地讲,是当时那个事情厉害,不是我厉害。容颜舒朗,心平气和,像在说前一世的事情,精神里的那种谦退平静,一尘不惊,让我十分震动。那是见过世面之后的清爽,我从满街的欲

火焚心里走来，蓦然遇见这样的清爽，心里真是安堵。后来，于河南各地走来走去，一再遇见一听韩梅姐姐之名，就脱帽致敬的人们，心里一次次对姐姐服气不已。

英国的布克奖获奖作家朱利安·巴恩斯Julian Barnes，在《马奈：黑白之间》一文中写过：我们会在一幅好画前逗留多长时间？十秒？三十秒？整整两分钟？如今重要画家的画展，展出大约三百幅作品已经是默认的标准。我们会在每幅好画跟前逗留多长时间呢？如果每件作品跟前，逗留两分钟，加起来已经是十个小时,是不吃午饭、没有茶歇、不去洗手间的十个小时。有谁在马蒂斯、德加、马格利特的画展上呆过十个小时?

朱利安·巴恩斯谈的是画,掩卷叹息,让我想到的,是人与人相遇,一辈子里,灵魂彼此相见,是多少时间呢?十秒?三十秒?整整两分钟?有时候极偶然地,在喧阗的饭局上,遇见某人的灵魂,常常也就是灵光一闪稍纵即逝的一两分钟而已,已经是极为难得极为珍贵的一种经验。而与人结伴旅行,通常,能让彼此的灵魂相见得比较深邃,比较久长。结伴旅行归来,常见的结果,要么,是就此成了生死不渝的死党;要么,是一拍两散从此成了路人。无非是一路之上,见多了灵魂深处的结果。

十分幸运的,这一趟,与韩梅姐姐做伴,游走郑州,逛遍马街书会、香山寺、汝窑窑址、风穴寺,等等,一路与姐姐相亲相爱,温美无比。姐姐是狮子座女子,理性、宽广、温厚、无微不至,不仅是读地图能手,夜里歇息,姐姐在房里煮茶焚香,无一不美,让我这种乱七八糟的小蝎子,自愧弗如。

于河南的旅途中,一再遇见让人眼界大开的人之精华,那是旅途中,最清甜的惊喜、最佳美的得到。

郑州一日,有一点微薄的太阳,雪后初晴的意思,很难得。晃去城隍庙和文庙,两庙相邻,前脚后脚,一起就晃到了。意外的,是在城隍庙里,看了个豫剧陈列馆,我们姐妹两个,仔仔细细,琢磨着看了一遍。豫剧是中国五大戏剧之一,京剧之下,就是豫剧,然后是

黄梅戏，越剧和评剧。这个剧种，明清时期已经相当成熟，流派纷呈，优秀演员整整齐齐。

豫剧的旦角里，有两个生僻的，帅旦和泼旦，咦咦咦，这是什么女子呢？帅旦，就是穆桂英那种挂帅之旦；泼旦么，差不多就是彩旦的意思。帅字和泼字，真是精准，一剑封喉那么准。历代豫剧名角，一位一位浏览过去，很低清的旧照片，给人无限的光阴之叹。

华翰磊，非常不好写的一个复杂名字，完全不像一位演员的名字，倒像个读书状元的大名。再细看，1934年出生的旦角演员，以前叫花含蕊。嗯嗯，这个才是活色生香的艺名。

《破洪州》里，演穆桂英的帅旦，叫虎美玲，真真好名字，杀气腾腾的好。

马天德，多么中原的名字，比马天明高

好几个格，一字之差，马天明庸常，马天德凛然。1910年出生，以书卷气和英武之气著名，据说，在豫剧演员里，集这两种气于一身的，凤毛麟角。

高兴旺，丑角，太生动的名字，看着就喜气洋洋，演《刘二楞卖烧饼》，想必满堂爆彩。

牛得草，老丑，也真是好名字，演《拾女婿》里的老戏精。

豫剧几朵金花，常香玉，亦是取了个中原韵味十足的好名字，马金凤、阎立品，也都是响当当的好名字，阎立品尤其好，名字像军阀，扮了戏，却弱质纤纤，飘得不得了。阎立品原来叫阎桂荣，自己改的名字，叫立品，立艺先立品，这点志气不容易。梅兰芳看了她的戏，赞美说，她的戏，秀丽含蓄，是地方戏中罕见的闺门旦，阎立品也是梅兰芳收的惟一一位地方戏徒弟。阎立品年轻时候一幅黑白小照，细细端详，比林徽因美多了。

一帧戏照《跪韩铺》，美极了，郭建民、张梅贞夫妇的戏，郭建民演包拯，张梅贞演嫂娘。这个戏，在京剧里叫《赤桑镇》，张梅贞就是阎立品的亲传弟子。

开封是有一间豫剧博物馆的，包含了豫剧、越调和曲剧，这三种河南主要的地方戏剧，想必比城隍庙内这个陈列馆，更好看。

文庙旁边，姐姐指给我看商城遗址，说，以前姐姐的母亲每天都在外城墙上散步，听了一个震惊。郑州的商城遗址，是仅次于殷墟的商周时期庞大都城遗址，历史悠远，叹为观止。郑州人民家门前一条商城路，跟上海陆家

第三章 摊开地图，飞出了一条龙

嘴的商城路，完全是两回事情。

我这个完全记不住路的人，怎么会牢牢记住了商城路的呢？因为前一日，得知有一天的闲散时间可以晃郑州，想得好好的，要去一处大一点的菜市场玩，商城路有一个，所以，记在手机里了。

商城路菜市场不算很大，年节里，很多铺子没有开，惟一有趣，是吃到一种美貌烧饼，牛舌饼。这是我第二次吃到名字叫牛舌的饼，第一次，是在台湾宜兰吃到的，细究起来，恐怕亦是当年的河南老兵携带过去的，而且移民去了台湾小地方，尺码也变小了好几号。上海有一种小点心，叫牛脷酥，牛脷也是牛舌的意思，是西式的。一地的饮食，有一地的根底来由、文化背景，饮食的有趣，也正在于此。

之十五

郑州郊外樱桃沟,有一座建业的长安古寨,数度到河南,听到建业这两个字,听得如雷贯耳。建业是河南首屈一指的房地产商,近年深耕于旅游业,长安古寨,是建业最近建起的一处旅游景点。此地有一支唐玄宗的遗脉,安史之乱时迁至此地,定居扎根下来,开枝散叶,渐渐形成一个村落。建业是将古寨修复起来,格局成一处旅游景点。听起来,这个事情相当老套,我国各地明清古镇无穷无尽,彼此抄袭,千篇一律,这些年来,看得眼睛都酸了,还能有多少惊喜?建业这个长安古寨,却是我自己举手申请要去的,吸引我的,是其中的老宅子。建业董事长胡葆森先生,积年收藏了数量惊人的老宅子,异地复建于建业旗下的古镇古寨中。第一次看见这样的老宅子,是于濮阳的大集古镇。那日雪后初晴,踏进园子,一瞬之间,仿佛时光倒流,满目气派非凡的苍秀老屋、宅院、角亭、长廊,甚至古船,清一色山西风格,至美至纯,深觉意外。那不是一座老宅子,是一个完整的大院落。毕竟,那是老宅子原貌原样异地复建的,与仿建的、修旧的、杂七杂八的洋泾浜,完全两种趣味。到了这个年纪,眼睛嘴巴都变得十分挑剔,如今艰难的,无非是看一眼纯粹,混一点杂色,就心

惊肉跳浑身长刺走吧走吧看不下去的苦。过去见识得比较多的,是南方的老宅子,徽派的,宁式的,闽南的,上海西式的洋楼,等等,不太有机会见到北方的老宅子。山西风格的老屋,与徽派相比,格局来得更为轩敞,气韵更为端正,一个正字,威仪堂堂,青天之下,巍峨动人,北方的那种清肃之美,久违了。

建筑,是最动人的方言,历历说明着一地的气质、风华,以及生死存亡起居行止,可惜的是,我们的新时代是如此的愚蠢,急不可耐地走上趋同的死路,把每一座城处心积虑地弄成一模一样,把每一座楼复制得天衣无缝,然后沾沾自喜心满意足。

胡葆森先生是房地产商巨头，半生伟业就是平地起楼，却能够于破中有立，潜心收藏保护如此巨量的古老宅子，让我心生敬意。好事背后，必有好人，看到一个又一个好人，让我对河南信心很足。

郑州的长安古寨，比濮阳的大集，规模上要广阔得多了，老宅子一座一座一间一间，缓缓看过去，美得深邃透彻，让人一再地，有隔世之叹。那些完美的斗拱，真是让我仰断了脖子。广厦之内，每一间屋子，都精心收拾安置，一针一线，无不费尽心机。大约是看到第三间屋子吧，墙上补壁的书法，慢慢开始让我走不动了，倒不是那个书法好，是那个纸，美极了。那些纸，每一幅，竟然都是汉画像的拓片，拓得水平极高，墨色层次分明，光影鲜活跳动，将汉画像的高古苍翠，飞灵奔腾，体现得淋漓尽致。我是一心一意跑来瞻仰古宅子的，完全没有想到，会于深宅大院内，劈头邂逅如此华丽堂皇的汉画像拓片一屋连着一屋，实在是意外极了。终于，于绝美的一幅礼佛图面前，一仰面，禁不住泪流满面。拓工太美妙，高浮雕，墨韵斐然，拓得饱满浑厚，栩栩如生。诸佛无限慈悲，举手投足，一颦一笑，完全是化境。

开始举手问一百个问题，关于这些纸。那日陪伴我的，是这些纸的小主人，张志超先生。他的父亲张胜吾先生，是河南著名的金石收藏专家，经年钻研拓艺，一手精绝的高浮雕拓工，目前于海内外，是一骑绝尘的水平。午饭时候，小张先生告诉我，他父亲老张先生

从前是收藏书法字画的，某年去北京见季羡林先生，季先生开导他，你看看大英这样的博物馆，中国字画书法，都摆在角落里，好像不算什么。大英搁在大厅堂里镇馆的，都是金石大器，石雕，青铜之流。你是河南人，考虑考虑收藏金石如何？老张先生回家三思再思之后，茅塞顿开，从此渐渐转入金石收藏一行，方始有今日。

闲话之中，得知志超先生初中之年就远赴英伦读书，旅英整整九年半，被父亲抓回河南，跟着做传统文化。当时觉得百般无味，如今亦是醉心其中了。这么一说，听来点头。这位年轻的小张先生，于我身旁，立了小半日，有一种特别的挺拔，原来是旅英近十年的成绩。十分好奇，以长年的欧风积累，与家传的金石收藏，相遇相见，会弄出一个什么样的格局来？事在人为，我很翘首。

临别分手，志超先生一再与我相约，下一次，去看望老张先生。

之十六

建业大食堂,是建业的古镇古寨景点中,必有的一个饮食结构,汇集河南十八个地市的地方美食,让客人一次吃全。胡葆森先生果然是地道河南聪明人,中国人的游山玩水,重中之重,落实于一个吃上,吃得不好,其他再好,都一切归零。胡先生致力于让河南人民住好,然后玩好,并且吃好,是思路极清的人杰。

那日于长安古寨午餐,餐桌正对戏台,那座戏台,六百年之久,从婺源异地复建而来,美得志节昂昂,状貌堂堂,有气吞山河之势。这么美的古戏台,孤陋寡闻,我是第一次看见。如果我是艺人,我想,这辈子如果能够于如此华美的戏台,唱一出戏,无论如何,心也甘了。

事后,家长吴海军跟我说,你光顾着抬头看古戏台,没注意看戏台下面几百张八仙桌,全部是明清老家具,主人家就舍得那么拿出来,随便客人坐着喝茶吃面嗑瓜子。我听着,啧啧半天,奢侈死了。

那日午餐,古寨的主人家,请吃建业大食堂的河南小吃,琳琅满目,广开眼界,一边欣赏食物,一边跟身旁的小张先生切切谈金石,忙得可以。即便是如此地忙,还是于第一

时间，惊醒道，这是一桌高手出品的动人饮食。吃了两个小碟，就觉悟到了。这两碟子，一小碟是信阳沙窝萝卜块：凉拌的青萝卜，萝卜选得极精，嫩而不水，脆中生甜，滋味浓中寓清，呼应得别有风致。另一个小碟子，是濮阳的壮馍，比在濮阳吃到的还胜一筹，厨师深得壮馍要领，并非投很多的肉馅，而是安置了很肥的粉皮于馅内，巧妙烘焙焦软，食之曼妙无比。主人家非常用心地，配了我格外钟意的几个豫菜——鲤鱼焙面，酸辣广肚，还有一个非常意外的豫菜，已经失传的中牟铁锅蛋。一上桌，铁锅嗞嗞有声蛋烘得外焦内嫩，饱满鲜香，讨喜又好吃。铁锅蛋讲究热、响、鲜、香、黄，当日这一锅，形色兼备，无往不利。铁锅蛋是当年北京豫菜名馆厚德福的招牌菜，绝迹多年了，建业大食堂的厨师为了重振旗鼓，试验了两百多次，用掉三百斤鸡蛋，才弄成功。主人家说，这个铁锅蛋，三天之前，水平刚刚稳定下来。事后才知道，那日主厨，果然不同凡响，是豫菜泰斗陈进长的得意门生楚乐晓。

再提一次鲁迅与豫菜。众所周知，鲁迅先生于饮食一事，是颇为讲究的文豪，读鲁迅的日记和书信，常常可以读到风神兼备的饮食细节。而那句人人记得的名句，"第一次吃螃蟹的人是很可佩服的，不是勇士谁敢去吃它呢"，正是鲁迅先生从饮食里来的警句。根据《鲁迅日记》记载，居住上海期间，他经常宴客的馆子，有杭州菜的知味观，本帮馆子的德兴馆，素食的功德林，还有一间梁园致美楼，就是做豫菜的，开设于1920年，鲁迅以海上文豪的身姿，出入梁园，深得老板照顾，1934年的鲁迅日记里，还记载了一笔"嘱梁园豫菜馆来寓治馔"，请梁园的师傅，到家里来做菜。

鲁迅在梁园，点得最多的几样豫菜代表作，糖醋软熘鲤鱼，酸辣肚丝汤，炸核桃腰，还有一个，就是铁锅蛋。

建业大食堂云集河南小吃，数量之巨，据主人家跟我说，连他们自己，至今都还没有吃完整过。中原物产丰饶，历史绵长，慢慢数一遍，吃一遍，做个中国人，真是有福了。

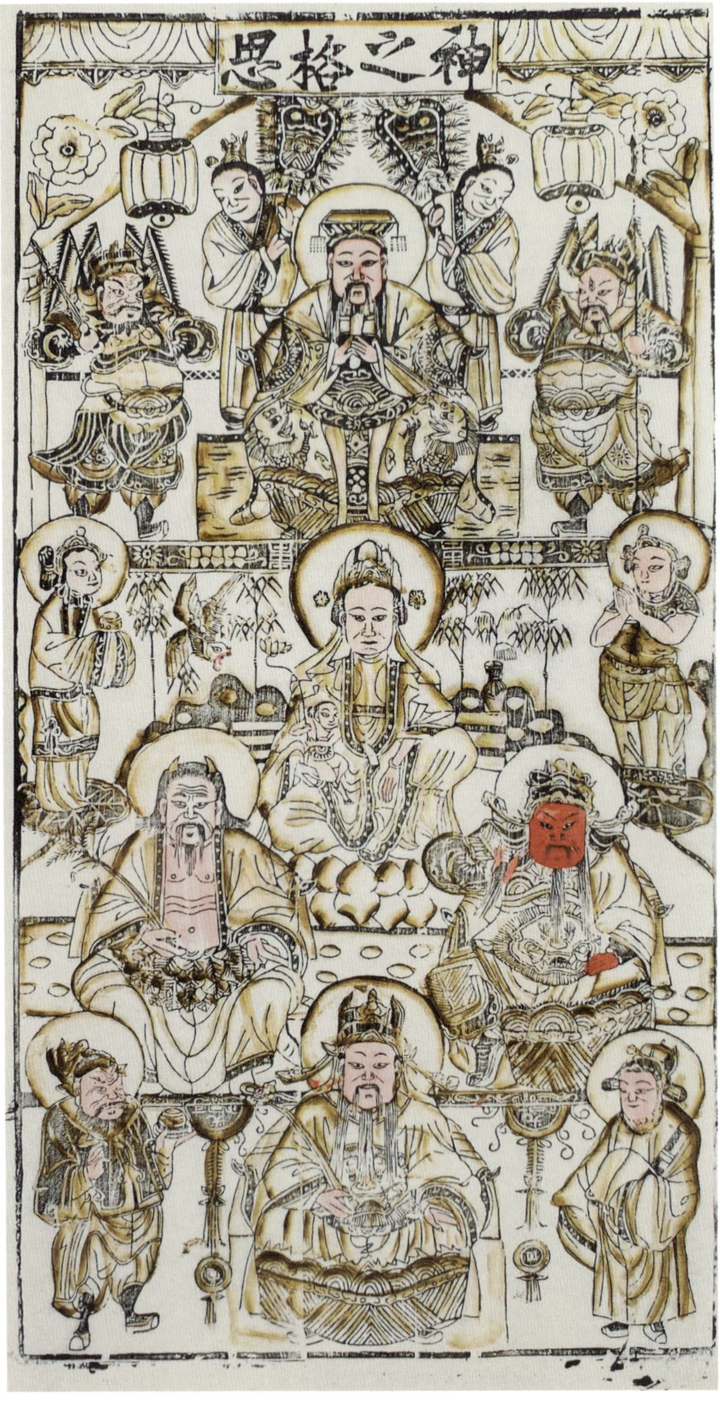
神之格思

之十七

这一趟正月里的河南行走，浚县一场社火，马街一趟书会，是河南过年，十分特别的两粒珍珠。浚县的社火于正月初九，心潮澎湃地叹赏了，马街书会是在正月十三。赴河南之前，就在微信里跟友人跳跳跳，要去看马街书会了啦。友人以学者的冷静，答，是应该早点来看，农耕时代的产物，很快就式微了。于心里预热了久久，天天一副好戏即将开场的忐忑，终于，于正月十二，拍马赶到马街书会所在地，宝丰。

一落车，入当地一间办公室稍事休息。坐下来，东张西望。年轻时候做记者，练就一种小本领，任何环境里，三五分钟，看出问题或者看出重点，当时是被职业逼的，如今觉得这个小本领很受用，一路走一路用。这一日，于成堆成卷的文件丛中，看见一尊汝瓷的毛泽东像，书桌上的全身立像，比一本书高一点，一派汝瓷的天青色，静静立在窗边。很久没有看见这样的像了，更不要说汝瓷的。书架上随便搁着一枚汝瓷的斗笠碗，摸一遍，一手的积尘，东西还是细的。宝丰第一眼，明白告诉你，我们是到了汝瓷的天下了。官哥汝定钧，五大官窑，其中的汝窑，原来，汝窑的官窑窑址，就在宝丰；汝窑的民窑窑址，在汝州。也

不管刚刚认识人家五分钟不到，立刻举手，看完马街书会，申请去看汝窑窑址。人家轻松答，可以可以，清凉寺，很容易去，没有问题。

吃了馒头不算，还添了块甜糕。

马街书会是一个神奇的东西，将近七百年的历史，元代开始就有了。每年的正月十三，冷得半死的季节里，常常还是风雪交加的，全国各地蜂拥而至的说书艺人们，跑来马街，前后两三天时间，立在广袤的麦田里，顶风冒雪，说书唱戏，其中正月十三是最重要的正日子，艺人云集，观众云集，现场动辄于一日之内，猛烈汇聚十万人甚至更多，是地地道道的汪洋人海。

艺人们于马街说书唱戏，原本的目的，像一个说书人的展销会，于马街书会上，唱得好说得好，被客人看上了，请艺人去家里或者村里或者厂里唱戏。买卖双方彼此在袖筒里谈价钱，少则几十，多则上千，谈妥了，买方就地拿走艺人一件乐器，意思是艺人不能再在马街书会上唱了。来一趟马街书会，艺人被买走一次甚至几次，可能一年的生活费，就有了。而河南农村，婚丧嫁娶，许愿还愿，都有请人到家到村、开台唱戏的习俗。家里添丁，唱个三天戏，是很家常的喜庆娱乐。

这件事情里，最厉害的一点，是赶来马街书会的艺人，全部是农民艺人，而且是自发的，自古如此，绵绵不绝将近七百年，从无中断。农耕文明里的这种顽强艺术生命力，非常惊人，非常让人深思。将近七百年的历史里，说书唱戏，这种看起来并非生活必需品的东西，居然能够抵抗一切天灾人祸，一路奔腾到今天。沧海桑田我们已经很熟悉了，一个马街书会却能够抗衡沧海桑田，活化石一般，活泼蓬勃地存活到今天。这其中，简直有神力。

一直认为，中国人最漂亮的叙述、最动人的悲欢离合，都在中国人的各种戏里，那是中国人的莎士比亚、《十日谈》、《一千零一夜》，比我们的纸本叙述，要精彩得多。而我们，一直低估着这些东西，觉得那是可有可无的陈年旧物甚至废物，这是非常深非常蠢的误会，说起来山长水远，另外找机会再说。

黄昏时候，于宝丰迎宾馆住下，据说，参加马街书会的艺人们，也都住在这个迎宾馆里，感觉迎宾馆内人人行色匆匆忙碌得如在过年。很开心地暗暗盘算，等下吃了晚饭，要一间屋子一间屋子地去洗楼，看看艺人们是什么样的。反正农村黑夜，艺人们哪里也不会去，

正好看个够。

搁下行李,跟韩梅姐姐一起下楼,到餐厅吃晚饭。餐厅还没有开门,楼道里挤满了人。挤在人群里,忽然意识到,这些人,就是来马街书会的艺人们不是吗?一想到此,开始眼睛耳朵都不够用了,拼命看人,原地转圈地看人。匪夷所思的是,除了一位中年盲人,由女搭档扶着,态度谦卑,一面孔的沧桑皱纹像罗中立的《父亲》,其他的艺人们都很光鲜很年轻很叽叽喳喳,跟电视戏曲频道上的演员们没有两样。心里一个咕隆咚,咦咦咦,这是马街书会的艺人们吗?是传说中七百年绵延下来的农民艺人吗?是土生土长的中原麦田书会吗?是活化石吗?怎么像到了电视台演播厅在排队领工作盒饭呢?

餐厅开门,众人蜂拥而入,排队排得密密麻麻吃自助餐。我甚至看到了上海人,两位上海老阿姨，在大呼小叫呼朋唤友，身上打扮基本上是广场舞标配。忍不住过去问她们是不是马街书会的艺人，上海老阿姨很激动遇到上海人，阿拉是来参加演出比赛的呀，群口说唱，阿拉是上海某某郊区的呀。侬呢？侬不是演员？侬专门跑来看马街书会的啊？上海老阿姨一副遇见妖怪的表情，弄得我很自卑。

端着自助餐跟姐姐一起坐下，然后隔肩坐过来一位美女，浓妆艳抹，丰满丰盛，一身整齐的淘宝名牌，于宝丰迎宾馆的自助餐厅，非常妖娆，非常鹤立鸡群。女子吃东西教养很好，吃辣子鸡，一边吃一边跟我说话，一边拿纸巾盖住碎尸万段的鸡骨。人家很骄傲地告诉我，她是河南许昌人，北京著名演艺学校科班毕业，跟上海老阿姨们一样，也是来马街书会参加演出比赛的，告诉我，她们都是通过初赛选拔出来的，来马街是决赛啊。我听了心里无比黯然，没搞错吧，我们兴致勃勃掐着日子赶来马街，是来看一台文艺汇演吗？女子话题一转，极力游说我，看完马街，你明天来许昌吧，我们许昌有杜寨书会，比马街书会还历史久远，而且，我们当地政府已经把书会现场做了漂移，转到一个中央公园里了，比马街在麦田里，要升级多了。你来吧，我现在就邀请你，我就是主办方。许昌美女热情洋溢，很抱歉，我却没什么激情，让我印象最深刻的，是这位女子，讲得一口字正腔圆央视典范的普通话，行走河南十来天，这种语气语调，第一次听到，完全不带河南味道。太过标准的普通话，听起来怎么一股塑料味？宁可听一点漏风国语、豫味普通话，那样子比较像人话。

饭后，当地友人来带我们去马街村里，说看得到艺人们夜里在唱戏说书彼此切磋。月黑风高，穿上所有的衣服，赶紧去。

一路摸黑进去，摸着村道踩着田埂的，我们去的，是农民张满堂的家。这位农民是马街书会的名人，远近驰名，无人不知，每年来马街书会的艺人们，有一百五六十人，吃住在他家里。等我们跑到张家，院子里围了个圈子，牵了根电线，艺人们在轮番上台，院子周围一圈的平房里，住满了艺人们，天寒地冻，有的打地铺，有的双层床，人人穿着棉袄钻在被窝里，灯光昏暗，一阵一阵的冷，有的说笑，有的整理乐器，院子一角，炖着一大桶的大烩菜，白菜粉条豆腐，是艺人们的餐食。谢谢天，这个，才是马街书会的原生艺人们，跟宝丰迎宾馆，完全两件事情。像张家这样，接待艺人吃住的，村子里还有多家，这些乡村人家的姓名电话，都写在村口的大牌子上，让艺人们一到村口,就能看见。

于院子里,钻在人丛中听戏,人很挤,却互相非常谦让,专业的非专业的摄影师,多得不得了。我的学生张华伟是专业摄影的,来过马街书会十多次,告诉我,马街书会上,有的年份,摄影师比艺人还多。一边说,一边反复给我在人堆里找空隙,指个凳子,勉力帮助我爬上去看戏。一个段子唱完,艺人下来发名片,河南坠子著名演员某某某,电话×××,业务范围:说书还愿,开业庆典,老人祝寿,房屋竣工,等等。一边有人拍我肩膀,让我进去一下,摄像机要换电池了。这个是张满堂的儿子张一栋,马街书会过后,去他开的饺子馆吃饺子,听他告诉我,从2004年起,他就开始拍摄记录马街书会的艺人和戏,至今拍了十五年了,资料全部在他家里。2004年第一次拍,跟他父亲张满堂骑个车去郑州,买松下的摄像机,九千元,根本不会用。张一栋关于马街书会的影像资料,大约是全地球最全的了。深情鼓励这位农民的儿子,真了不起,加油。

立在院子里听戏听得起劲,学生来找我,提醒我要不要跟张满堂谈谈,你不是要知道马街书会吗?问他最合适了。

进屋去找张满堂,他跟一群艺人围着个火炉子坐在一起,问我怕不怕冷,不怕冷的话,我们坐院子里说话好不好?安静一点。

在院子里,跟张满堂聊天,老人六十多,孩童时候开始,每年逛马街书会,以前家里来艺人借住,没有空屋子,就是到牛棚里抓把稻草盖在身上睡一晚。艺人们一路餐风露宿,渴了饮一口冰雪水,饿了啃一口馍,路上几天几

夜，赶来马街书会。马街书会是艺人们的麦加，一年一度，他们无论如何，都想来赶会。从一位老农民的口中，听到麦加朝圣这种词，我是深感震动的。

张满堂是地道农民，当过多年兵，说话智慧很高，完全超越我对农民的认知。问他，马街书会是他小时候的好玩，还是现在的好玩？跟我说，小时候的好玩。为什么？因为有戏听，现在的，听不了戏了，你明天去现场就知道了。为什么听不了戏？因为有高音喇叭，一个高音喇叭，坏了很多事。有关方面喜欢搭高台请演员来唱戏，高台么，自然要用到高音喇叭了。你那里一用高音喇叭，麦田里的艺人怎么办呢？只好也弄个高音喇叭，一个比一个大声，结果什么也听不见了。书会书会，听不见书，就不好玩了。

艺人们现在来马街书会，大多数，也不像从前，为了生计而来，现在来，很多是一年一度会会老戏友，见面说说话。毕竟，农村现在请人唱戏的习俗，比以前淡了。艺人们年纪也越来越大，我以前骑个车，四周到处去找艺人，鼓励他们来参加马街书会，光车，就骑坏了两辆。我担心，不去请，来的艺人一年比一年少。马街书会如今看起来还挺红火，其实，那是七百年的惯性在推动，马街书会从来都是民间自发的，如果哪一天，变成要政府来举办马街书会，就不对了。马街书会清朝同治年间，做过一次统计，到会参加的艺人，有2700人。现在没有当年盛况了。

　　张满堂从宏观讲到微观，从历史讲到今天，完全一副深思熟虑的格局。天气太冷了，张满堂越说越激动，忽然一捂胸口，摸出救心丸来。我还在旁边瞠目发呆，立刻就冲过来一位戴眼镜的年轻人，将张满堂扶进屋里，靠在火炉子旁边。你是他儿子吗？我吗？不是不是，我是他的粉丝啊。原来，这个戴眼镜的年轻人，是大学生，每年追随马街书会，跟着张满堂服务艺人。

　　不敢再跟张满堂说话了，黑夜里，跟老人道别，老人无力开口，朝我摆了摆手。

　　后来我才听说，那天清晨五点多，为了把院子的地，弄得平整一点，方便艺人们出入，老夫妻两个拉了一车砖，来平院子。那几日，一天忙到晚地服务艺人们，完全是累病倒的。

　　第二天一早，严阵以待，直奔马街书会现场。一下车，非常惊人的人海，身旁的人对着手机气急败坏，人太多，没信号了。真的，当天在马街书会现场，不要说4G微信完全瘫痪，连2G电话，都根本无法打通。现场还是加了四座发射塔的。

于马街书会的观看浏览，确实没有想象中的那么迷人，没有活化石那种原汁原味的古意。艺人寥落，戏呢，也确实像张满堂说的，基本上听不到，晃来晃去，就是看个潦草的风土人情了。听不清戏，注意力就转了一半在伴奏的琴师身上。通常看戏，是不会看琴师的，这一日倒是认真端详了好多的琴师。他们有一种不语的深沉，千言万语都在琴弦与板眼里，河南坠子特有的那种坠胡，一拉起来，又是在麦田里，颇有一股怆楚的狠，一个人默默地翻江倒海，看着非常有意思。当天天气算是很帮忙的了，除了气温低，其他都还好，据说每年的马街书会，不是风就是雨雪，麦田里一地泥泞，是很正常的状况。现场，最让我感动，是很多很多的孩子。这一路走过的河南农村，几乎没有看见用童车的，娃娃们都是大人抱在手里、擎在肩头，这些娃娃，在大人怀抱里，特别安详明亮的神色，非常动人。世界上最温暖的，是体温，没有体温的温暖，会出很多很多问题。于马街书会冰冷的现场，我竟然非常怀念童年时候,被父母抱在怀里的日子,看灯、逛城隍庙的日子,一转眼,父母都已暮年,我自己的孩子,都已经二十出头了。父母在,我们仍是孩子。晃着马街书会,心里一片胡思乱想眼泪汪汪。

很多事情很多人,在眼前的时候,是想不到要珍惜宝爱的,等不在了,再追悔,总是莫及的了。很为马街书会悲戚,可是现场又是一片人山人海的繁荣,悲戚得没有着落,提着一颗无处安放的心,晃了半日马街书会,这个真的是很吊诡的体验。

事后得知,那天晚上张满堂一病不起,送了医院。听说之后,与姐姐一起赶往医院看望张满堂,摸着老头子的小脑袋,夸夸老头子是马街书会的灵魂。老头子在病床上吸着氧,脑筋还是很清楚,接嘴说,不是灵魂,是服务员。

一位在张满堂那里做调研的研究生,中央民族大学民俗学专业的王素琰,跟我说,虽然她这样年纪的新一代,也为活化石一般的马街书会渐行渐远而遗憾,不过还好啦,旧的民俗消亡了,有新的民俗生出来,春晚就是一个新民俗啊,所以它再难看,也得存在,它已经是个过年必备的民俗了。

年轻一代的光明思路,让我和姐姐和学生张华伟,让我们这帮老人家,感慨万千。

164　亲爱的豫

之十八

马街书会结束，第二日清晨，熙熙攘攘的宝丰迎宾馆，一夜之间人去楼空，几乎只剩下我们三位住客。清晨下楼，去请教前台小姐，本地早餐，哪一家羊肉冲汤最经典？小姐眉飞色舞，稳准狠地跟我们讲了一下，邓家，在老城的仓巷街。跑去仓巷街，是一条回民集中的小街，铺子对面，是清真寺。邓家只卖羊肉汤。烧饼，要去隔壁烧饼铺子买；油条，要去隔壁油条铺子买。这个我喜欢的。从前的生存，温柔敦厚，人人让别人有点钱赚。卖羊肉汤的，不会连带着，把烧饼油条生意都霸了。彼此都是一个村子里的，面对面地赶尽杀绝，怎么做得出来？这种一门一户一种营生的原始状态，非常温暖，非常从前慢。羊肉汤香浓俊

美，不愧有口皆碑的老铺子。每遇仙灵羊肉汤，都无比羡慕河南人民：幸福指数多么高。一碗羊肉汤，一碗烩面，让我很难不对河南牵肠挂肚。这趟在河南辗转十多日，前前后后一共只吃过一碗米饭，餐餐烩面，大刀面，疙瘩汤，烧饼，形形色色的馍。上海人到河南，如果不喜面食，那会很惨，不过不是最惨。最惨，是一不喜面食，二不喜羊肉。那真的要饿着回家了。

之十九

去香山寺。

宝丰香山寺，东汉古寺，传说中，是观世音菩萨成道之所，我国第一个观世音道场，比普陀还古老了七百年。这座古寺，隋唐宋元，历代重建重修，始终保持着原始格局，香火鼎盛，温文尔雅。历年的战火纷飞，天灾人祸，就不说了。黄昏登山，香客游客都已下山，空荡荡一座古寺，满山清肃之气，静人心神。一边登山，姐姐一边教我风摆柳的登山步法，非常好用，一点不吃力，缓步爬到巅峰。希望我们都能有身体，登山一直登到暮年。

然而很不幸，那块著名的蔡京碑，锁起来了。盯着铁门，一筹莫展，真的是徒叹奈何。无法，慢慢下山。

恰好是晚膳时分，路过五观堂，对人间饮食一向最有兴致，忍不住撩开棉帘子进去看看僧人们吃的什么斋饭。斋堂很大，暗沉沉的，过去看一眼，僧人们一排，俗人们一排，总共二十来个人，面对面坐着吃自己的。斋饭是素包子，粥，豆浆，豆浆旁边，搁着白糖。然后就有俗人开始赶我们走，然后是僧人也赶我们走，这就无趣起来了。

人世上，最难遇到两个人，一个是聪明之人，另一个是有趣之人。这个黄昏，真不巧，

两个人都不在家。

第二日,锲而不舍,再上一回香山寺,为蔡京碑。

登上山先去拜观世音,一座四面佛跟前,一枚中年男在拜拜。每拜一面佛,在佛脚下,献上两颗长生果,默默看他一点一点拜过去,肃穆端庄,一个人的隆重,很好看。献给观世音菩萨两枚长生果,是个温暖的小动作,好像观世音菩萨不是外人，一家人坐在一起，吃吃茶剥剥长生果。很好奇，这是求子，还是求长寿？很想上前举手问问明白，想想还是不要乱扰人家香客了。

蔡京碑的铁门，终于打开了，进去一看，吓了一跳，是如此大幅的碑，顶天立地，四千多字，香山大悲菩萨传，碑头有断残，蔡京一笔漂亮字，沉酣峭丽，笔法姿媚，字势敦实，翰不虚发，历代书法评论里的种种蔡京论，一一跳到眼前，像温书一样，仔仔细细，对着碑文，幸福温一遍。

宝丰旅游局的李磊主任看我们这三个人，看个蔡京碑，看得热血沸腾，主动跟我们说，带你们去看宝丰书画研究院吧？当时听着，还有点犹豫，宝丰书画研究院？看一堆当代山水画吗？还好听从了李先生的安排，这一趟书画研究院，让我们大饱了眼福。

宝丰书画研究院的何清怀先生，蔼蔼长者，一副中原男人的壮阔身形，立在院子里，一脸温暖笑意。跟着何先生上楼，先看了一个地方志博物馆，私人博物馆，主人家是河南宝丰当地人曹二虎先生，据说曹先生是从一辆拖拉机起步，奋斗成企业集团董事长的。很惊讶，一位河南企业家，有这样的胆识、眼光、品味，来收藏地方志这种东西。跟着何先生一间一间屋子转过去，惊讶亦越来越深，曹先生收藏的地方志，质和量，都不同凡响，还是第一次，在我国看到一个如此精深的地方志博物馆。边走边驻足浏览，频频从书架上抽出书来翻阅。拍照之前，征询何先生同意，请问可以照相吗？何先生慈眉善目，温存地跟我说，您

瞧，这都是咱们自己的东西，咱爱怎么照，就怎么照。darling，这是我这一路，听过的，最动人、最辽阔的温暖壮言了，实在是，太抚慰人心了。姐姐在一边着急，什么时候，到这儿来住几天，好好读书就好了。

是啊，旅途之上，最大的恨事，是相见恨短，未曾尽兴的怅惘，匆匆一晤的擦肩而过，常常让人恨意丛生。

看完地方志博物馆，转上一层，去看书画研究院，何先生带领我们看的几幅完整的碑拓，真的把我们震撼到了。一幅公主碑拓，一幅蔡京碑拓，还有一幅状元刘若宰的碑拓，满满一屋子，浓郁极了。问何先生，怎么能拓到这么多好东西啊？何先生继续慈眉善目，温存地讲，趁人家还没明白的时候，咱拓的，等人家明白了，咱也拓不成了。言词温柔敦厚，安详得不得了。三幅碑拓，曹二虎先生精工做了三本书，温美无比，触目心软，我们三个人此起彼伏在那里流口水。

其中那幅蔡京碑，宝丰本地的拓本，已经是残碑的拓本，并不完整。曹何两位先生，上穷碧落下黄泉，于世界范围内，寻求完整拓本，意外于北京大学图书馆中，获得完整拓本。如今我们看到的这部大书内，用的就是这个版本。两位先生真真功德无量的说。

那幅状元碑拓，亦极美，刘若宰是崇祯元年的状元，一笔草字，流英滴丽，飘逸婉转，笔致奔腾而下，有一气呵成的痛快淋漓，反复望之，美不胜收。刘若宰是崇祯帝十分看重的爱卿一枚，皇帝爱慕刘状元的书法，不好意思自己开口讨，差遣身边侍官拿着空白扇子去跟刘状元要。刘状元不便得罪皇帝身边的侍官，随手写了春夏秋冬四个扇面给侍官。过些日子，刘状元上朝堂给皇帝讲课，意外发现，崇祯手里摇着的扇子，就是自己写给侍官的。当年的皇帝也真是有意思，眼热的，竟是爱卿的一笔字。刘若宰四十五岁因病去世，算是英年早逝，崇祯帝还哀恸不已，厚荫了刘的儿子。

那日在何先生那里，天明亮进去，天漆黑出来，看了很久很久，每个人都冻得没了知觉。看完告辞出来，李先生问我们吃晚饭还是回迎宾馆，三个人异口同声回迎宾馆，先暖过来再说。隔日看那天照的相片，每个人都青紫着一张麻木不仁的冻脸，惨不忍睹的样子。

國泰民安

寶鼎通靈香結彩

銀台昭感燭生花

之二十

为看汝窑的官窑窑址，于宝丰，额外多留了一日。

五大官窑，官哥汝定钧，汝窑似乎最为神秘和矜贵，至今传世，只有六十五件，件件精绝，件件价值连城。历史上汝窑的官窑，烧制大致只有二十年的短暂时光，几乎是电闪雷鸣惊鸿一瞥那么短，至南宋，已经十分珍稀难得。汝窑的官窑窑址，于1987年，才被确定，是在宝丰县清凉寺，当年是震惊天下的浩瀚事件。而本地人当然是自负的，一点不客气地，将五大官窑，重新排列为汝官哥定钧，历史上也确实是有"汝窑为魁"的记载。

南宋的《坦斋笔衡》有记：本朝以定州白瓷器有芒，不堪用，遂命汝州造青窑器。

当年的皇家真真讲究成了精，白瓷的瓷器有光，饮水吃饭皆不称心，叫汝州造青瓷来用。宋徽宗这个人杰，点播了中国人一两千年的审美趣味。

宝丰，多么响亮的好名字，是宋徽宗于1120年钦赐的，此地物宝源丰，特别是矿藏资源独一无二，深得徽宗眷念，人家心满意足高高兴兴赐了个漂亮名字下来。慢慢看下去，才发觉，徽宗这么兴高采烈赐名此地，可能是因为此地出产一种玛瑙，以这种玛瑙，调制加入

汝瓷的釉料内，方能得到汝瓷那种绝顶高华的雨过天青色。宝丰于徽宗心目中，大约跟平顶山煤矿，是两件事情。平顶山煤矿事关国事民生，而宝丰的玛瑙，关乎的是徽宗一个人的审美享受，这种皇家品味，影响流传至今，甚至成为中国人立足世界的制高点之一，任何国家任何博物馆，说到汝瓷，没有不脱帽致敬钦佩再三的，中国人因为这种似玉非玉胜于玉的瓷，而达到东方审美的优雅与神秘的顶峰。究竟是国事民生重要，还是孤家寡人的趣味重要，很难说得清清楚楚。我决定不去思考那些深切分裂的概念大战了，来了宝丰，专心致志将汝瓷看个饱。

自然，不能不去看一眼清凉寺，这是一切的汝瓷书籍上，必定出现的一个名字，我们是怀着朝拜的心情走过去的。到了跟前一看，吓一跳，寺门簇新，明艳刺目，丑陋得一五一十，还挂着一把大锁。韩梅姐姐和学生张华伟，一边目瞪口呆长吁短叹，一边努力透过门缝，照一点相片。我连举起手机镜头的兴致，都灭了个干干净净，四下里独自慢慢走一遍，跟姐姐和学生讲，最好现在手里有枝笔，让我在门柱子上写个大字：拆。说得姐姐和学生笑成粉。

　　清凉寺晃过，转去看一家汝瓷的工厂，兴宝汝瓷，是当地数一数二的汝瓷工厂，总经理赵永彬带我们看他的陈列室和后面的窑。

　　问他，做了多少年了？

　　赵先生答，十来年了。

　　发财了吧？

　　快了。

　　两个来回，这是个有趣的人。

　　我至少有一百个问题要举手，接着问：听说，汝窑开窑的时候，开片冰裂的声音，此起彼伏非常特别，是不是？

　　赵先生听我问，脸上立刻浮起奇异的表情，迷惘、赞叹、神往。哦，哦，那个声音完全无法形容。干脆立住脚，于手机里翻找，然后把手机递给了我。那是在空旷的工厂内，我将赵先生的手机贴在耳边，darling，我听到的，是天籁。谢谢天，世界上原来还有如此的声音。空廊的金石之声，悠扬的水滴声，外星空的精灵，稚拙的跳跃，神秘，空灵，光芒万丈。赵先生告诉我，这个是某次开窑时候，拿

手机在窑门边录的音，不敢把手机伸入窑内，温度太高，所以，录得不是那么好。如果有专业的抗高温的录音设备，录出来的，想必更厉害。

汝瓷于开窑时刻，内外温差，以及器身上的釉料等等的原因，会发出冰裂的声音，如果是夜深人静之时开窑，据说冰裂之声响彻云霄，而且持续时间很长。有极会享乐之辈，专捡这种时刻，立在窑边，听个酣畅。汝瓷开片，可以持续几十年，家里的汝瓷，半夜里说不定也裂一下，凝神的话，也能听到一声两声。姐姐开玩笑，说以后要动脑筋，置个汝瓷的枕头。

于大营镇上吃了一碗力拔山兮的烩面，启程离开宝丰，返回郑州途中，绕道风穴寺。

之二十一

　　风穴寺亦是东汉建的，毁于董卓之乱，重建于北魏，1800多年历史，与白马寺、少林寺、相国寺，并称中原四大古寺，另一个名字叫香积寺，山花烂漫，芳香郁积之意，非常典雅非常美。这座古寺，依山而建，层层叠叠，曲径通幽，不像一般的北方寺院走中轴线布局，一路晃入去，有绵绵不尽幽然焕发之趣，如果是春秋季节，山水相迎，彼此呼应，想必更为丰美富饶。寺中古建筑云集，唐的塔，宋的悬钟，明的钟楼，尤其是那座唐的七祖塔，高古肃穆，楚楚有致，十分完整。我国如此的塔，现存不过六座而已。一座望州亭，美轮美奂，气势十足，立于山腰之上，苍劲厚朴，又稳妥又飞扬，美极了。跟姐姐和学生说，最好手里有枝笔，让我写个字：不拆。

　　这一日，刚巧是正月十五。我们黄昏上山，晃来晃去，就到了晚膳时分，僧人们纷纷拿个碗吃斋饭，吃过了饭，还有汤圆吃，冷冷暮色里，看着有无限温暖。

　　转下山来，于玉佛殿前，看一位身着棉袍的老尼，手势安详地收拾殿前的残余香火，那身温软的棉袍，与轻袅的烟火，淡淡暮色里看去，有说不出的岁月安稳，日长如年。整理妥当了，老尼锁上门。一抬头，看见我立在殿

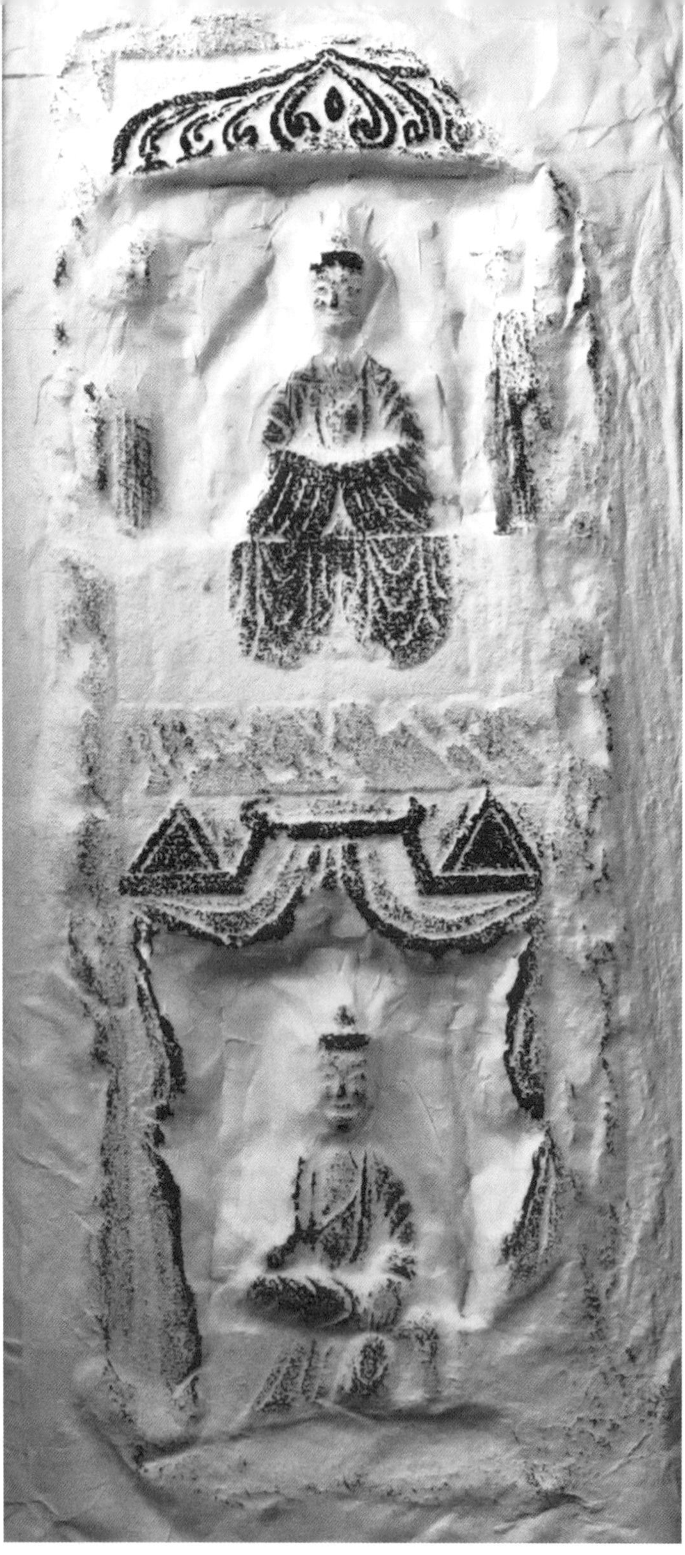

前，立刻微笑说，来来，我给你开门，你进来拜玉观音。那是真的有缘了。依言入殿去，拜了玉观音。出来与老尼道谢，问候她是不是吃了汤圆。月圆人美满，让人泪凝于睫。

飞车回到郑州，与姐姐和学生，慢慢吃饭吃茶吃汤圆，午夜时分到达酒店，大堂内，只剩下两名值班的工作人员。很糟糕，身份证不在手提包包里，不知塞在行李箱的哪个角落里了。正月十五的中宵，于五星酒店的大堂里，我一个人打开五味杂陈风尘仆仆的行李箱，开始惊天动地地找身份证，吓得两位值班的工作人员，目瞪口呆。

一夜无眠，细想想，这一趟河南之旅，仿佛亦是一场寻找身份证的行走。中原大地，隐藏着我们民族的根底，皇天后土里，有我们难以消磨的基因。

图书在版编目（CIP）数据

亲爱的豫 / 石磊著. — 郑州：海燕出版社，2024.1
ISBN 978-7-5350-8527-6

Ⅰ.①亲… Ⅱ.①石… Ⅲ.①小品文-作品集-中国-当代 Ⅳ.①I267.3

中国版本图书馆CIP数据核字（2021）第058198号

封扉题字　周　颖
装帧设计　范峤青

亲爱的豫

出 版 人：李　勇	选题策划：李喜婷
责任编辑：陈曙芳　刘　嵩	责任校对：王　达
美术编辑：马晓璐	责任印制：邢宏洲

出版发行　海燕出版社
　　　　　地址：河南自贸试验区郑州片区（郑东）祥盛街27号　邮编：450016
　　　　　网址：www.haiyan.com
　　　　　发行部：0371-65734522　总编室：0371-63932972
经　　销　全国新华书店
印　　刷　河南瑞之光印刷股份有限公司
开　　本　700毫米×960毫米　1/16
印　　张　11.5
字　　数　230千字
版　　次　2024年1月第1版
印　　次　2024年1月第1次印刷
定　　价　56.00元

如发现印装质量问题，影响阅读，请与我社发行部联系调换。